ZAQ et MOI

Édition : Nathalie Ferraris
Révision : Karine Picard
Correction : Anne-Marie Théorêt
Infographie : Chantal Landry

DISTRIBUTEUR EXCLUSIF :
Pour le Canada et les États-Unis :
MESSAGERIES ADP* inc.
2315, rue de la Province
Longueuil, Québec J4G 1G4
Téléphone : 450-640-1237
Télécopieur : 450-674-6237
Internet : www.messageries-adp.com
* filiale du Groupe Sogides inc.,
  filiale de Québecor Média inc.

01-15

Charron Éditeur inc.
1055, boul. René-Lévesque Est, bureau 205
Montréal, Québec, H2L 4S5
Téléphone : 514-523-1182

Tous droits réservés

Dépôt légal : 2015
Bibliothèque et Archives nationales du Québec

ISBN 978-2-924259-59-7

Gouvernement du Québec – Programme de crédit
d'impôt pour l'édition de livres – Gestion SODEC
– www.sodec.gouv.qc.ca

L'Éditeur bénéficie du soutien de la Société de
développement des entreprises culturelles du
Québec pour son programme d'édition.

Nous reconnaissons l'aide financière du gouvernement du Canada par l'entremise du Fonds du livre
du Canada pour nos activités d'édition.

Marie-Josée Soucy

ZAQ et MOI

L'envahisseur

2

Illustration de la couverture : Annabelle Métayer

RECTO **VERSO**

Une société de Québecor Média

À Anne-Catherine, ma presque nièce
À ton Abitibi d'adoption

1

Jamais de fumée sans feu

C'est en sursaut que je me réveille pour constater que mon cadran lumineux projette 6:25 en chiffres rouges sur le plafond de ma chambre. Je laisse retomber ma tête sur mon oreiller. Il me reste encore une petite demi-heure pour profiter des bras de Morphée.

Je me rends compte avec soulagement que je rêvais (ou plutôt cauchemardais!) et que ma mère ne s'apprête pas réellement à épouser le beau Bernaaaaaard! C'est exactement ce qui se passait dans mon rêve: ma mère et le père de Zaq avançaient vers l'autel, bras dessus, bras dessous, prêts à se jurer amour, fidélité et tout le tralala pour toujours. Moi, pendant ce temps, j'observais la scène, suspendue devant une petite fenêtre, les pieds dans le vide: la fenêtre du garage de Bernard, de toute évidence, mais c'est seulement maintenant que je le réalise.

Ouf! Il ne manquerait plus que ça, que nos parents se marient. Plusieurs semaines se sont écoulées depuis la rentrée scolaire et je me suis adaptée à la présence (imposée!) de Zacharie-Alexandre Quintal. De la même façon que les animaux arrivent à s'adapter aux changements dans leur environnement: non pas par choix, mais par instinct de survie. Il reste que, même si je parviens à tolérer Zaq à l'école (et même dans mon salon à l'occasion), je n'ai pas pour autant envie de partager à plein temps mon habitat naturel avec lui.

Je tapote mon oreiller pour lui redonner sa forme initiale et je me tourne sur le côté, ma position préférée pour dormir. Je ferme tout juste les yeux quand j'entends des sirènes. Jusqu'ici, rien d'anormal. Les sirènes des véhicules d'urgence font partie du quotidien dans une grande ville. J'aperçois toutefois les gyrophares de ce que je pense être un camion de pompier qui passe à toute vitesse devant la fenêtre de ma chambre. Le véhicule est immédiatement suivi d'un deuxième. Je bondis aussitôt hors du lit afin d'aller coller mon nez à la fenêtre. Je me sens un peu comme la fouine du village à l'affût des plus récents potins du voisinage.

Les sirènes se taisent quelques secondes après que le dernier camion rouge eut tourné le coin de ma rue. L'incendie ne doit pas être bien loin. Je lève les yeux vers le ciel qui se réveille à peine et j'aperçois un immense nuage noir juste au-dessus des immeubles de l'autre côté de la rue. J'enfile rapidement ma robe de chambre et sors sur le balcon, pour me rendre compte que plusieurs voisins ont aussi été réveillés par toute cette agitation. L'odeur de fumée me pique maintenant les narines; impossible de retourner au lit comme si de rien n'était. Je dois aller voir ce qui se passe de plus près. Je retourne dans ma chambre.

— Papa!

Je l'appelle à travers la maison tout en sautant dans un jeans.

— Papa! Réveille-toi!

Je l'appelle à nouveau tout en passant mon t-shirt par-dessus ma tête.

— Papa! Réveille-toi! Il y a le feu!

Il n'en faut pas plus pour tirer de son sommeil l'ours en hibernation. Le vacarme qu'il fait me donne l'impression qu'il est tombé de son lit. Vêtu uniquement d'un caleçon, il accourt dans le corridor en essayant avec maladresse d'enfiler son pantalon.

— Un feu? Où ça, Vanille?

Il manque de trébucher en arrivant à ma hauteur.

— Chez les voisins! lui dis-je en indiquant la fenêtre du salon.

Mon père semble momentanément rassuré de constater que le feu n'est pas dans notre maison. Nous nous précipitons tout de même vers la fenêtre pour réaliser que l'incendie paraît plutôt important, à en juger par l'immense panache de fumée qui recouvre maintenant le ciel.

Sans même nous consulter, nous mettons vite nos bottes et nos manteaux, et nous filons à l'extérieur. D'autres seraient retournés se coucher, mais papa et moi sommes trop curieux. Je me retiens pour ne pas courir en descendant. Je suis pressée d'arriver, mais l'escalier en colimaçon est très glissant l'hiver et je sais que je dois être prudente. Les services d'urgence sont bien assez occupés pour le moment.

Une fois sur le trottoir, nous marchons d'un pas rapide jusqu'au bout de la rue. C'est seulement lorsque nous tournons le coin que je réalise que l'incendie fait rage dans la rue où habitent Zaq et Bernard. Se pourrait-il que ce soit chez eux ? Les camions semblent en effet immobilisés devant leur immeuble. C'est du moins l'impression que j'en ai de ma position. Le regard de mon père croise le mien et me confirme ce que je pensais. C'est bien leur duplex qui est en train de brûler.

Les flammes sont puissantes et les pompiers ont l'air d'avoir du mal à contrôler le brasier. Papa et moi courons en direction du drame. Des dizaines de curieux sont rassemblés aux limites du périmètre de sécurité. Je cherche Zaq et son père des yeux, mais je ne les vois pas. Je me surprends alors à prier, moi qui ne crois pas vraiment en Dieu. Sauf les jours où j'ai vraiment peur (comme maintenant) ou ceux où j'ai un examen d'anglais (mais ça, c'est une autre histoire). À cet instant précis, je le supplie plus que jamais d'avoir permis à Zaq et Bernard de quitter l'immeuble à temps. Parce qu'à en juger par la violence de l'incendie, s'ils sont toujours à l'intérieur, c'est peine perdue.

Coup de théâtre

Sans aucune hésitation, je lève le ruban jaune sur lequel il est inscrit «Zone interdite incendie» et je m'avance du côté où seuls les pompiers sont admis.

— Reviens ici, Vanille! me crie mon père.

Je suis presque aussitôt interceptée par un policier en uniforme qui m'ordonne sèchement de retourner d'où je viens.

— Mon ami habite ici, monsieur!

Son regard désapprobateur se fait plus compréhensif.

— Il est probablement dans l'autobus pour les sinistrés, là-bas, me dit-il en pointant un véhicule stationné un peu plus loin dans la rue.

Je rejoins donc mon père et nous nous dirigeons tous les deux d'un pas rapide vers l'autobus en question. Une vague de soulagement m'envahit lorsque je peux enfin apercevoir Zacharie et son père emmitouflés dans des couvertures. Le soulagement fait ensuite place à la surprise et à la consternation quand je réalise que la femme qui se trouve avec eux est nulle autre que Mila.

— Maman ? Mais qu'est-ce que tu fais là ? Comment as-tu su ce qui se passait ?

Ma mère me lance un de ces regards que je traduis par : « Ne fais pas semblant de ne pas comprendre, ma fille… » De toute évidence, elle a passé la nuit chez Bernard. Leur relation a atteint un statut qui ne m'avait pas encore été officiellement confirmé. Je m'en doutais bien, mais disons que ma mère ne m'a jamais avoué ouvertement qu'elle passait certaines nuits chez les Quintal. Elle ne le fait pas les jours où je suis chez elle et je n'ai jamais eu connaissance qu'elle découchait lorsque je dormais chez mon père. Est-ce une simple omission de sa part ou plutôt un secret ? Je me demande si elle me l'aurait dit si je ne l'avais pas surprise par hasard ce matin…

Et puis Zaq, comment se fait-il qu'il ne m'en ait jamais parlé ? Mon père, lui, ne semble ni surpris ni offusqué de constater que son ex-femme passe la nuit avec un autre. Il faut dire que ça fait quand même plus de sept ans que mes parents sont séparés. Il est surtout préoccupé par les événements en cours.

— Est-ce que tout le monde va bien? demande-t-il sans fixer personne en particulier.

— Oui, Simon. Heureusement, tout le monde va bien, répond Bernard. Nous avons juste eu le temps de sortir. Tout s'est passé tellement vite. Par chance, l'alarme d'incendie nous a tous réveillés.

— Par chance, oui! enchaîne ma mère. Nous aurions tous pu y passer. Je n'ai jamais eu aussi peur de toute ma vie. Semble-t-il que le feu se serait déclaré chez le voisin. J'espère que ce n'est pas de la négligence!

— L'important, c'est que nous soyons tous sains et saufs, intervient Bernard pour tempérer ma mère. Monsieur Pelletier a eu la peur de sa vie lui aussi. L'essentiel, c'est qu'il n'y ait eu aucun blessé. Notre détecteur de fumée nous a permis de sortir de l'immeuble à temps. L'histoire finit bien, conclut-il en resserrant son bras autour de Mila, à la fois pour la réconforter et pour la réchauffer.

Sur ces mots, Bernard observe monsieur Pelletier qui pleure sur le trottoir. Un pompier essaie de le convaincre d'entrer dans le bus, ce qu'il refuse catégoriquement.

— Monsieur Pelletier voit sa vie partir en fumée, explique Bernard. Il habite cet immeuble depuis plus de quarante ans! C'est ici qu'il a vécu avec sa femme et qu'il a vu grandir leurs trois enfants.

Je me sens triste pour le vieil homme qui semble si démuni. J'ai presque envie d'aller le serrer dans mes bras. Non seulement il perd son logement, mais il a probablement perdu beaucoup plus : des photos, des lettres, des documents...

Je suis soulagée pour Zaq et Bernard que le garage n'ait pas été atteint. Quelle catastrophe ça aurait été ! Toutes les photos et les souvenirs accumulés par Bernard s'y trouvent. C'est toute une chance aussi que nous ayons décidé de confier la poupée de Sarah à mon grand-père. Elle est donc en sécurité dans la boutique d'Oscar. Mes pensées rencontrent celles de Zaq :

— Une chance que la poupée n'était pas dans la maison ! lâche-t-il dans un souffle, parlant pour la première fois.

J'acquiesce d'un signe de tête.

— Oui, la poupée est sauvée et vos photos aussi. Vous ne vous en tirez pas trop mal, quand même. Ce n'est pas comme monsieur Pelletier.

— Tu n'as pas tort, Vanille, mais, pour le moment, c'est surtout pour son chat que monsieur Pelletier est inquiet, m'explique Zaq.

— Il est resté dans la maison ?

— Il a probablement réussi à s'enfuir, corrige Bernard. Il y a de bonnes chances qu'il s'en soit sorti.

— Même s'il s'en est sorti, il n'est pas pour autant hors de danger, souligne Zaq. Princesse est une chatte d'intérieur. Elle n'a pas l'habitude d'être dehors par un temps pareil.

Le temps est en effet assez frais pour un début décembre. Il fait presque moins dix degrés et une petite neige, tombée la veille, recouvre le sol. Je ne m'y connais pas beaucoup en incendies, mais vite comme ça, je dirais que l'immeuble est une perte totale. Je vois mal comment Zaq et Bernard pourront y retourner au cours des prochaines semaines, ou même des prochains mois. Où vont-ils aller ? Au chalet, sûrement.

L'un des policiers s'approche pour discuter avec nous. Il confirme ce que je croyais. Il demande à Bernard s'ils peuvent se faire héberger par des amis ou de la famille pendant un certain temps. La plupart des compagnies d'assurances remboursent l'hôtel ; c'est une autre possibilité. Ma mère l'interrompt sur-le-champ.

— Pas question que vous alliez à l'hôtel, Bernie. Vous venez à la maison !

— Je ne sais pas, Mila… Tu crois que c'est une bonne idée, autant de proximité aussi rapidement ?

— Je sais bien que c'est vite, Bernard, mais c'est une situation exceptionnelle. Et vous n'êtes quand même pas pour passer des semaines dans un hôtel !

— Et s'ils allaient à leur chalet?

Cette dernière phrase, elle est de moi. Je la regrette aussitôt qu'elle est sortie de ma bouche. Non pas que je ne pense pas ce que je viens de dire, au contraire. Seulement, je me sens un peu égoïste de songer à mon besoin de solitude alors que Zaq et Bernard n'ont plus de maison. Tous les regards se tournent vers moi et c'est ma mère, outrée, qui répond.

— Mais voyons, Vanille! Tu n'y penses pas! Zaq doit continuer d'aller à l'école. Et Bernard travaille en ville! Le chalet est bien trop loin de Montréal. Non, non, vous venez chez nous, répète-t-elle à l'adresse de Bernard et son fils. Je n'accepterai aucun refus. Restez au moins quelques jours et après, vous verrez. On doit pouvoir cohabiter sereinement, n'est-ce pas, Vanille?

— Euh… oui, oui. Bien sûr.

— Bien! ajoute ma mère, satisfaite. Et si on y allait maintenant avant d'attraper froid? Ça ne nous ferait pas de mal de dormir un peu aussi.

— D'accord, acquiesce finalement Bernard. Allons-y comme ça. Merci, Mila.

— Mais voyons, c'est tout ce qu'il y a de plus naturel.

Nous sortons tous de l'autobus. Bernard discute un moment avec les autorités avant de nous rejoindre. Mon père propose de lui prêter quelques vêtements. Je réalise alors que les deux sinistrés, sous leur couverture, ne sont qu'en pyjama. Malheureusement pour Zaq, je ne pourrai pas lui offrir mes vêtements.

— Zaq, je peux t'en prêter à toi aussi, ajoute mon père. Je vais essayer de t'en trouver des pas trop grands, question que tu puisses te mettre quelque chose sur le dos pour aller magasiner avec ton père demain.

Nous entrons donc chez mon paternel pour une séance d'essayage improvisée, tandis que ma mère se rend chez elle pour préparer les lits des invités. Mon père trouve un pantalon et un chandail qui ne lui font plus et qui, bien qu'un peu trop grands pour Zacharie-Alexandre, peuvent le dépanner. Sa couverture toujours enroulée autour de lui, il marche jusqu'à la salle de bain.

— Je vais aller m'habiller.

— Tu es aussi bien de rester en pyjama, Zaq. On va se coucher. Tu mettras les vêtements de mon père demain matin.

Il me lance un regard furibond.

— C'est que je ne suis pas en pyjama, justement. Je commence à être tanné de marcher enveloppé dans une couverture.

Pas en pyjama? Je réfléchis un instant. Qu'est-ce qu'il insinue au juste?

— Que veux-tu dire par «pas en pyjama», Zaq? Veux-tu dire que là-dessous t'es... NU?

Pour seule et unique réponse, il me claque la porte de la salle de bain au nez.

Un petit sourire se fraie un chemin sur mon visage. Zaq serait donc sorti de chez lui nu comme un ver? C'est presque drôle quand j'y pense. Je l'imagine s'enfuir en courant, dans la neige, tout nu. Quelle image! La scène est risible. Mais dans les faits, c'est tout ce qu'il y a de plus logique. On ne commence pas à chercher son pantalon lorsqu'il y a le feu dans la maison!

Le feu... L'immeuble détruit... La situation me semble tout à coup moins drôle. Je décide donc de laisser mon presque ami tranquille. Il a eu son lot d'émotions. J'aurai bien l'occasion de me faire raconter tous les détails plus tard.

3

Monsieur Lapinot et moi

Petite matinée de congé imprévue. Nos parents ont décidé de nous laisser dormir. Je suis chez mon père, et Zaq chez ma mère, dans mon lit. Avoir su qu'il coucherait dans mon antre, j'aurais fait un peu de ménage.

J'entreprends rapidement une visite mentale de ma chambre pour essayer de voir s'il risque de tomber sur quelque chose de compromettant. Non pas que j'aie quoi que ce soit à cacher, mais quand même. Il vaudrait mieux qu'il ne mette pas la main sur une lettre échangée avec Béatrice ou sur mon journal intime! Je m'habille en vitesse et sors de ma chambre. L'appartement est silencieux. Mon père doit encore dormir. Je me rends à la cuisine pour me servir un verre de jus. Je trouve une note sur le comptoir.

*Je t'attends
en bas.*

papa xx

Mon père est donc déjà réveillé et doit être parti prendre des nouvelles de chacun chez ma mère, qui habite dans le logement du bas. Je cale mon jus d'orange, enfile mon uniforme, me brosse les dents et descends les rejoindre.

Je suis la seule à avoir fait la grasse matinée, on dirait. Ils sont tous debout. Ma mère et Bernard sirotent un café, tandis que Zaq, dans les vêtements trop grands de mon père, pianote sur son téléphone cellulaire. Même mon grand-père est là, en pleine discussion avec son ancien gendre qui s'affaire à préparer ses fabuleuses crêpes. Je ne connais personne d'autre que mon père pour faire des crêpes aussi minces et croustillantes! On se croirait un dimanche festif si ce n'était la conversation qui tourne autour de l'incendie et de ses conséquences. Bernard a l'air particulièrement éreinté.

Je salue tout le monde et embrasse mon grand-père sur la joue. Il y a déjà plusieurs jours que je l'ai vu. Je me laisse ensuite tomber sur la chaise à côté de Zaq.

— Qu'est-ce que tu fais?

— Je texte à mes amis. Je leur raconte ma nuit. C'est complètement fou! Peux-tu croire que je n'ai plus de maison?

Je dois avouer que c'est effectivement assez fou. Qui aurait pu imaginer?

Du menton, je pointe le téléphone qu'il a dans les mains.

— C'est le tien?

Il confirme de la tête comme si c'était l'évidence.

— Tu l'as sauvé du feu?

— Oui, et c'est toute une chance. Je ne dormais pas quand l'alarme s'est déclenchée. J'étais en train de jouer à un nouveau jeu que je venais de télécharger.

— Tu es sorti nu, mais avec ton téléphone! ne puis-je m'empêcher de noter, amusée.

Il m'envoie une de ces œillades menaçantes m'intimant de ne pas m'aventurer sur ce terrain.

— Tu t'es levé tôt… Je croyais que tu allais dormir très tard avec la nuit que tu as passée, lui dis-je en me versant un verre de jus.

— Je n'ai pas réussi à me rendormir. J'aurais dû, pourtant. J'avais tout ce qu'il fallait pour faire de beaux rêves avec Monsieur Lapinot…

Monsieur Lapinot? Non! C'est un cauchemar! Qu'il ait trouvé mon lapin, c'est une chose, mais qu'il connaisse son nom ultrasecret, comment est-ce possible? Zaq sort mon vieux toutou défraîchi du dessous de la table et le fait bouger et parler comme une marionnette.

— Ah, Vanille! C'est si bon de te revoir, lance-t-il d'une petite voix aiguë, digne d'un personnage d'émission pour enfants. Tu m'as tellement manqué.

— Donne-moi ça tout de suite! que je lui crie en tentant d'agripper la peluche.

Bien sûr, il l'éloigne de moi en la faisant voler au bout de son bras.

— Regarde, Vanille, je vole!

Je me lève et lui arrache Monsieur Lapinot des mains, sous le regard amusé de nos parents.

— C'est toi qui lui as dit son nom? dis-je à l'intention de ma mère.

— N'en fais pas tout un plat, ma chérie. C'était seulement pour rire.

— Ah! Ah! Ah! Très drôle, oui.

Ma mère est une traîtresse. J'espère seulement qu'elle n'a pas profité de l'occasion pour vider son sac à souvenirs et raconter à Zaq toutes sortes d'anecdotes sur moi et Monsieur L. J'ai ce toutou depuis que je suis née, alors ça pourrait vite devenir très embarrassant.

Zaq continue de rire dans sa barbe.

— Monsieur Lapinot… J'adore! ajoute-t-il tout en se remettant à texter.

J'ai l'étrange impression que je suis loin d'en avoir fini avec cette histoire de lapin… J'essaie de changer de sujet.

— Tu textes à qui?

— Sébastien… et Roxanne aussi.

— Roxanne Beaulieu?

Si je ne voulais pas avoir l'air surprise, c'est raté. Non mais, Roxanne! Qu'est-ce qu'il lui trouve à cette fille? C'est une vraie tête de linotte et une vraie de vraie «je me pense bonne».

— Quoi, t'es jalouse?

— Jalouse de Roxanne? Ben voyons donc! Pourquoi je serais jalouse? Cette fille-là a une cervelle d'écureuil!

Mon commentaire a au moins le mérite de lui faire lâcher son téléphone.

— Jalouse parce qu'elle est super belle.

— Roxanne n'est pas belle. Elle se pense belle, ce n'est pas la même chose.

— T'es jalouse!

— N'importe quoi!

— Bon, bon, c'est assez, vous deux, intervient mon père. Mangez au lieu de vous chicaner.

— Oui, et dépêche-toi un peu, Zaq, si tu veux qu'on ait le temps de passer par le magasin avant tes cours de cet après-midi, dit Bernard.

— Mes cours de cet après-midi? Paaa! Ce n'est pas sérieux! Je pensais que j'avais la journée de congé. On vient quand même de passer au feu, ce n'est pas rien!

— Désolé, Zaq, mais c'est non. Tu vas à l'école cet après-midi. J'ai plein de trucs à régler. Je dois appeler les assurances et aller voir si on peut accéder au site pour récupérer certains de nos biens.

— Moi aussi, je veux retourner chez nous! Je veux voir si mes affaires de hockey et mes BD peuvent être sauvées.

— Non, Zaq. Je suis catégorique, c'est non. Je ne pourrai probablement même pas entrer aujourd'hui. Inutile que tu perdes un après-midi d'école pour rien.

Zaq se lève, fâché, et sort de la maison. Son père le rejoint quelques minutes plus tard, le temps d'engloutir deux crêpes. Derrière le rideau, j'espionne leur discussion animée. Zaq a vraiment l'air contrarié. Le ton monte et son père finit par s'impatienter. Il lui ordonne de prendre place dans la voiture et les deux partent. On dirait bien que je devrai aller à l'école moi aussi. Mine de rien, j'aurais préféré hériter d'une petite journée de congé.

— Dépêche-toi, Vanille! Si tu pars maintenant, tu arriveras à temps pour la deuxième période! me crie ma mère de la cuisine.

— Quoi? Tu te moques de moi? Si Zaq va à l'école seulement cet après-midi, moi aussi j'ai le droit de rester à la maison ce matin. Moi non plus je n'ai pas beaucoup dormi.

— Tu te coucheras plus tôt ce soir! Allez, file avant d'être en retard. Je ne veux rien entendre de plus!

À regret, je ramasse mon sac à dos et file en direction de l'école. La nouvelle ne m'a pas attendue pour arriver à la polyvalente. Les réseaux sociaux se sont occupés de transmettre l'information. Telle une nuée de guêpes, un petit groupe d'élèves m'attaquent presque lorsque j'arrive à mon casier. On me presse de questions sur Zaq. Des questions qui vont dans toutes les directions: «Comment va-t-il?» «Est-ce vrai que son immeuble est une perte totale?» «Qu'est-ce qui a causé l'incendie?» «Il y a des morts ou des blessés?» «C'est vrai que le voisin est mort asphyxié?» «C'est vrai que Zaq a dû être amputé en essayant de sauver un chat?» (HEIN??)

Heureusement pour moi, Béatrice arrive à ce moment-là et, en tant que meilleure amie assumée, s'empresse de chasser la horde de paparazzis qui m'entourent.

— C'est assez! Dégagez, tout le monde! La seule personne qui risque de mourir asphyxiée, c'est Vanille si vous ne lui laissez pas plus d'espace pour respirer.

Les élèves l'écoutent et commencent lentement à se disperser.

— Allez, allez! Quintal vous racontera tous les détails lui-même plus tard. Laissez mon amie tranquille.

Les plus récalcitrants finissent par s'en aller et je me retrouve seule avec Béa. Je pense être enfin libérée, mais elle reprend le flambeau.

— Alors, c'est vrai cette histoire? Zaq va habiter chez vous? Pour combien de temps? Tu vas devoir partager ta chambre avec lui? As-tu des nouvelles du chat de monsieur Pelletier?

— Woooo! On se calme! On dirait que t'as bu trois cafés.

— Ben non! Je suis juste de très bonne humeur. J'ai un rendez-vous ce soir. Un vrai de vrai rendez-vous.

— Un rendez-vous? Avec qui?

— Avec Dylan! répond-elle en se mordant les lèvres et en observant ma réaction du coin de l'œil.

— LE Dylan? Celui qui est en secondaire 4?

— LE Dylan, oui.

— Et vous allez où?

— Souper aux chandelles dans son appartement.

Elle éclate ensuite de rire en voyant que mes yeux veulent sortir de leur orbite.

— Bien non! Rassure-toi, il habite toujours chez ses parents. On va au cinéma voir un documentaire sur les changements climatiques.

— Ta mère est au courant?

— Oui, c'est même elle qui vient nous reconduire.

La cloche sonne, mettant du même coup fin à notre conversation. Je file vers mon cours d'arts plastiques. Ce premier rendez-vous galant de Béa me fait un drôle d'effet. Et si ça devenait sérieux avec Dylan et qu'elle se mettait à passer tout son temps avec lui? Perdue dans mes songes, je tourne le coin et frappe de plein fouet un élève qui marchait dans ma direction. Je m'empresse de l'aider à ramasser ses livres et ce n'est qu'en relevant la tête que je m'aperçois qu'il s'agit de Samuel. Il me fixe sans rien dire. Je remarque alors qu'il a teint ses cheveux en noir. Ils commencent d'ailleurs à être très longs, jusqu'à lui cacher une partie du visage.

— Ça va, Sam ?

J'ai cru que le «Sam» ferait plus sympathique.

Il se contente de me dévisager en silence.

— Bon bien, moi, je vais y aller si je ne veux pas être en retard, lui dis-je en lui tendant ses livres, mal à l'aise.

Samuel est vraiment de plus en plus étrange. Il l'était déjà, mais depuis la mort violente de Bob, son poisson betta, on dirait qu'il subit une métamorphose. Tout pour que je me sente encore plus coupable ! La deuxième cloche se fait entendre et je cours vers mon local.

En fin de journée, je réalise que Zaq a eu le dessus sur son père. Il ne s'est pas pointé à l'école de tout l'après-midi. Ça m'étonne : je croyais Bernard plus tenace. Je marche donc seule jusque chez moi. Je dois aller rejoindre mon père, puisque c'est chez lui que je passe la semaine. Je décide toutefois de passer chez ma mère avant, question de voir si Zaq s'y trouve.

Il n'y est pas. Le logement est vide. Je me résigne alors à aller chez mon paternel, qui m'attend pour notre sortie. J'avais presque oublié que nous allions voir le spectacle du Cirque du Soleil.

Il y a des mois que j'attends cette soirée avec impatience, mais je suis un peu déçue de ne pas avoir vu Zaq. J'aurais aimé avoir des nouvelles des événements et savoir pourquoi il n'est pas venu à l'école. Tant pis, ça ira à demain.

4

ZAQ le « héro »

Surprises en série ce matin. La première arrive avant même que je mette les pieds dans l'école. Difficile de la manquer, d'ailleurs. Les lettres Z, A et Q sont écrites en gros sur le mur de brique de la polyvalente. Elles doivent bien faire un mètre de haut chacune. La suite est encore plus étonnante : sous ces lettres, on peut lire « le héro ».

Oui, je sais, mais nonobstant la faute d'orthographe, il reste que ça prend tout de même un certain culot pour aller écrire en orange fluo « ZAQ le héro » sur le mur de l'école. Ce qu'il peut être bête, ce Zaq ! Disons que ce ne sera pas trop difficile pour Frisette, de son vrai nom Ginette Fisette, la directrice, de remonter à la source. Non mais vraiment, Quintal, veux-tu m'expliquer à quoi tu pensais ?

J'ai la deuxième surprise en entrant dans l'école. Samuel, qui avait teint sa tignasse en noir, a maintenant un anneau dans le nez. C'est toute une transformation. Il y a beau y avoir une partie de moi qui se dit que je n'y suis pour rien, l'autre moitié est convaincue dur comme fer que la métamorphose du petit et discret Samuel est directement liée à la perte de son meilleur ami, Bob le poisson, mort tragiquement par ma faute.

Troisième surprise : contrairement à la veille, plus personne ne m'attend. Ma popularité est revenue à ce qu'elle d'habitude, c'est-à-dire à peu près nulle. L'attroupement s'est déplacé à quelques casiers du mien. Les élèves forment un cercle autour de Zaq qui, tel un conteur folklorique, semble en plein milieu d'un récit auquel tous sont pendus. Je m'approche un peu du groupe, tout en restant en retrait. Il n'est pas question que je sois associée à ces groupies !

— … Je me suis donc assuré que monsieur Pelletier était en sécurité avec un voisin et j'ai pris mon courage à deux mains. Je suis retourné vers le feu. Je mentirais si je vous disais que je n'ai pas eu peur. J'étais conscient du danger et des risques d'y rester. Mais le désespoir que je lisais dans les yeux de monsieur Pelletier était plus fort que tout. Je devais lui ramener son chat.

Je sens ma mâchoire sur le point de tomber. Non mais, ce n'est pas sérieux, cette histoire !

— J'ai dû briser la fenêtre de derrière pour entrer. Le feu était trop violent à l'avant.

Ce disant, Zacharie-Alexandre lève son bras très haut pour être certain que tous les curieux puissent bien voir sa main, partiellement recouverte d'un bandage, confirmant ainsi une supposée blessure infligée lors du sauvetage héroïque.

Comment se fait-il que je n'aie pas remarqué cette blessure plus tôt? Zaq ne peut quand même pas s'être mis un faux bandage pour que son histoire bidon se tienne! Il continue pourtant:

— La chaleur était insupportable lorsque je suis entré dans la bâtisse. J'avais du mal à avancer, mais j'étais incapable d'abandonner Princesse. C'est à ce moment-là que je l'ai aperçue à travers la fumée. Camouflée dans un coin de la pièce en petite boule, apeurée. J'ai réussi à l'approcher et à la sortir de la maison.

N'importe quoi! Mais plutôt que de nier sa version, je décide d'en rajouter, question de démontrer tout le ridicule de l'affaire.

— Tu as oublié de dire que tu as juste eu le temps de sortir avec Princesse avant que le toit s'effondre. Un peu plus et vous y passiez tous les deux, n'est-ce pas, Quintal?

Toutes les têtes se tournent vers moi. Les élèves ont l'air captivés. Moi qui croyais qu'ils se mettraient tous à rire en réalisant l'absurde du récit. Mon ironie était trop subtile. Tout le monde boit mes paroles et attend la suite de l'histoire.

— Tu as raison, Vanille. Mais je ne voulais pas trop en mettre pour ne pas passer pour un vantard. Après tout, n'importe qui aurait fait la même chose à ma place…

Son ironie à lui passe aussi inaperçue. Des voix s'élèvent par-ci par-là.

— C'est faux, Zaq! La majorité des gens ne seraient pas retournés dans le feu pour un chat. Tu es vraiment un héros.

— Un héros, c'est un bien grand mot…, dit-il avec une fausse modestie très évidente pour moi, mais que personne d'autre ne semble remarquer.

— Oui, Zaq, tu es vraiment *hot*! Tu as secouru le chat de monsieur Pelletier!

— Je l'ai sorti du feu, mais il m'a échappé des bras à l'extérieur de la maison. D'ailleurs, gardez un œil ouvert. Il est toujours dehors. C'est un chat persan, blanc.

— Au moins, tu l'as sauvé d'une mort certaine, Zacharie. Tu es vraiment un héros! s'exclame Roxanne en lui caressant le bras du revers de la main. Si tu veux, on pourrait mettre des affiches un peu partout dans le quartier après l'école pour essayer de retrouver Princesse.

— Je vais vous aider! lance quelqu'un.

— Moi aussi! ajoute une autre.

— Trop *cool*, Zaq! Tu crois que tu vas garder des cicatrices?

Certains gars lui donnent une tape dans le dos en signe d'approbation. Les filles lui font les yeux doux et ricanent entre elles. Zaq, aussi fier qu'un coq de basse-cour, a le torse bombé, alors que moi je voudrais disparaître dans le plancher. Je ne peux pas croire que je viens de contribuer à ces sornettes et à la popularité de Zacharie-Alexandre Quintal. Misère! Je me console toutefois en me disant que c'est toute une chance que le feu se soit déclaré en mon absence. Il en aurait bien profité pour raconter à tout le monde comment il m'aurait sauvé la vie. Je vois ça d'ici.

Le carillon annonçant le début des cours nous rappelle que nous sommes à l'école. Tout un chacun prend la direction de son premier cours de la journée. Zaq me sourit de toutes ses dents. Il vient de marquer un point. Et tout un!

5

Un de trop

Au retour de l'école, je passe par la boutique de mon grand-père. Je me heurte à une porte close. Oscar ferme parfois son commerce plus tôt le vendredi. Je sonne chez lui et je n'ai pas plus de chance. Je me résigne donc à marcher en direction de chez moi. Si l'arrivée du week-end correspond au commencement de ma semaine chez ma mère, elle marque aussi le début de ma cohabitation officielle avec Zaq et son père. Cohabitation qui est loin de faire mon affaire, dois-je le rappeler.

Une forte musique m'accueille lorsque j'ouvre la porte d'entrée, me confirmant que Zaq est déjà arrivé. Cette musique ne peut être que son choix, de toute évidence, à moins que Bernard soit à mon insu un fan de hip-hop.

Je trouve Zaq dans ma chambre. Allongé sur mon lit. Il a pris la liberté de sortir Cactus de sa cage et l'a mis sur son ventre. Son cellulaire est branché sur ma chaîne stéréo et c'est bel et bien sa musique qui joue à tue-tête et résonne dans toute la maison. Un verre de jus à moitié bu et les croûtes de ce qui semble être un sandwich au beurre d'arachides sont en équilibre sur mes livres, déposés sur ma table de nuit.

— Non mais, surtout fais comme chez toi! Là où il y a de la gêne, il n'y a pas de plaisir. J'espère que je ne te dérange pas! lui dis-je en arrêtant la musique.

— Bien, si tu le demandes, je vais être honnête avec toi, Vanille. Oui, tu me déranges un peu. Et si tu n'y vois pas d'inconvénient, je préférerais que tu sortes et que tu nous laisses tranquilles, Cactus et moi. Tu serais vraiment gentille également si tu pouvais rapporter ma vaisselle sale à la cuisine. Je crois que ta mère serait contente.

Non mais, quel pince-sans-rire! Et quel culot en plus! Respire, Vanille. Respire. C'est seulement pour quelques jours.

— Très drôle, Quintal. Très drôle aussi ton petit spectacle de ce matin. Vraiment.

— Ah, ça? Oui, j'avoue que ce n'était pas mal. Merci d'ailleurs pour ta contribution à ma célébrité. Je te revaudrai ça.

Je porte alors attention au bandage qui recouvre sa main. Je ne peux pas croire qu'il tentera de tromper tout le monde pendant des jours.

— Il vaudrait mieux que tu enlèves ton faux bandage lorsque tu es à la maison, Zaq. Autrement, tu risques de te faire poser des questions par Bernard et Mila.

Ce disant, j'agrippe sa main avec force dans le but de lui retirer son pansement. Zaq se redresse soudain en poussant un hurlement, laissant croire qu'il éprouve réellement de la douleur.

— Ça ne va pas, Vanille? Qu'est-ce que tu essaies de faire au juste?!

Zaq semble en furie, mais je ne me laisse pas berner.

— Arrête de niaiser, Quintal.

Pour une deuxième fois, j'empoigne violemment sa main, ce qui entraîne un nouveau cri qui cette fois me paraît plutôt crédible. Zaq se lève du lit d'un bond, en tenant sa main contre sa poitrine dans un geste instinctif de protection.

— Tu as bientôt fini? me lance-t-il, furieux.

— N'essaie pas de me faire croire que ta main te fait mal pour vrai. Je sais très bien que tu ne t'es pas blessé en brisant une fenêtre pour aller sauver le chat de monsieur Pelletier! Tu n'avais absolument aucune blessure aux mains lorsque tu textais en déjeunant hier matin!

— Non, pour la simple et bonne raison que je me suis fait cette blessure dans l'après-midi!

lâche-t-il, exaspéré et visiblement toujours en douleur.

— Est-ce que tu essaies de me faire croire que ta blessure est bien réelle ?

— Oui, ma blessure est bien réelle ! Je ne me la suis peut-être pas faite pendant l'incendie, mais j'ai vraiment une entorse au pouce.

Pour m'obliger à le prendre au sérieux, il entreprend de dénouer son bandage. Lentement et avec précaution, il déroule les différentes épaisseurs de tissu qui recouvrent sa main. À ma grande surprise, c'est un pouce très enflé et bleuté qu'il dévoile enfin. Je suis abasourdie.

— Tu t'es fait ça comment ?

— Je suis tombé sur la glace. J'ai voulu amortir ma chute avec ma main et c'est mon pouce qui a pris le choc. C'est pour ça que je ne suis pas allé à l'école hier après-midi, figure-toi. J'étais à la clinique avec mon père.

— Avoue qu'une chute sur le trottoir glacé, ça fait pas mal moins viril que l'histoire que tu as inventée…

— Peut-être, mais ça pourrait être pire : je connais une fille qui s'est déjà cassé le nez en refermant elle-même la porte de son casier sur son visage !

— *Primo*, mon nez n'était pas cassé ; *secundo*, c'était le casier de Béa et non le mien, lui dis-je, les bras croisés.

Je me défile en changeant de sujet.

— Ta blessure est peut-être vraie, Zaq, mais ton histoire de sauvetage l'est pas mal moins, elle.

Je m'attends à ce qu'il devienne mal à l'aise tout d'un coup, mais il semble plutôt s'amuser de la situation.

— Avoue que c'était du beau spectacle. Je n'aurais jamais cru qu'ils embarqueraient autant. Ça m'a quand même demandé beaucoup d'efforts. Je n'avais rien préparé. Ce ne fut que de l'improvisation. Je devrais peut-être m'inscrire dans une ligue d'impro ? Je pense que je serais bon.

— Bien oui, pourquoi pas ? Je vois ça d'ici, écrit en grosses lettres sur le mur de l'école : « ZAQ LE HÉROS, LE ROI DE L'IMPRO ».

— Le pire, c'est que celle-là n'est pas de moi. J'étais aussi surpris que toi lorsque j'ai vu le graffiti en arrivant à l'école ce matin. Flatté, mais surpris, ajoute-t-il, l'ego trop gros pour la pièce.

— Pourtant, il n'y a pas tant de personnes que ça à l'école qui ne savent pas écrire le mot « héros » sans faire de faute et, bizarrement, tu es l'une de celles-là.

— Franchement, Vanille ! Je sais très bien que « héros » prend un « t » à la fin.

Un « t » ? Il est sérieux là ?

À voir la face que je fais, il se reprend :

— Un « s » ?

Je ne sais plus quoi croire dans tout ce qu'il me raconte. J'ai juste l'impression de me faire niaiser. J'ai assez perdu de temps avec lui.

— Tu as besoin de te tenir tranquille, Quintal. C'est moi qui ai le gros bout du bâton. Imagine si je dévoilais à tout le monde la vérité sur ton supposé sauvetage héroïque…

— Disons seulement que ça pourrait me donner envie d'apporter Monsieur Lapinot à l'école.

— Tu n'oserais pas…, lui dis-je en le défiant du regard.

— Gages-tu ?

— On s'en reparlera, Zaq, parce que, mine de rien, j'ai des devoirs à terminer, moi.

— Ouin… Il faudrait bien que je m'y mette aussi…

Visiblement, il semble y avoir une très haute marche entre l'intention et l'action.

— Tu aimerais que je t'aide avec tes mots de vocabulaire ? que je lui demande, sarcastique.

— C'est presque tentant, Vanille, mais il y a Roxanne qui m'attend.

— Roxanne?

Je m'efforce de ne pas paraître surprise, d'avoir l'air aussi détachée que possible. Mais trop d'indifférence, ça devient presque suspect.

— Oui… Elle veut qu'on aille poser des affiches pour essayer de retrouver la chatte de monsieur Pelletier. Ce serait dommage qu'elle meure gelée alors que j'ai risqué ma vie pour la sortir de la maison, termine-t-il avec un grand sourire qui m'exaspère.

— On devrait peut-être raconter ton histoire aux journaux, Zaq. Je vois d'ici les gros titres : «Un adolescent flambant nu se porte à la rescousse d'un chat». Ah non, j'ai encore mieux : «Nu comme un ver, un jeune héros affronte la neige et le feu pour sauver un chat d'une mort certaine».

Ses joues prennent des couleurs tandis qu'il me lance un oreiller. J'éclate de rire en me précipitant vers la sortie de la chambre.

— Attends, Vanille, me rappelle Zacharie. Tu viens avec nous?

— Où ça?

— Mettre des affiches! Tu m'écoutes quand je te parle?

— Tu veux que je vous accompagne, Roxanne et toi… Pourquoi?

— Je ne sais pas trop. Ce serait juste moins… bizarre.

En vérité, je n'ai pas trop envie de passer du temps avec Roxanne. D'un autre côté, je n'ai pas plus le goût de rester à la maison pour faire des devoirs tandis que Quintal et Roxanne s'amusent. Dans les faits, même si ce n'est pas Zaq qui a sorti le chat de l'immeuble en flammes, tout porte à croire que l'animal a réussi à s'en échapper. Si c'est le cas, la pauvre petite boule de poils est seule quelque part, possiblement recroquevillée sous une galerie, et morte de trouille. En plus d'avoir froid, elle doit être affamée. Pour toutes ces raisons, je décide donc de me joindre à eux, même si on doit former le trio le plus improbable qui soit.

6

L'improbable trio

Roxanne est très volubile. Elle parle beaucoup et rapidement. On dirait qu'elle ressent une certaine panique à l'idée qu'un court instant de silence puisse s'installer. Elle comble le vide avant même qu'il ne se présente. Elle marche devant moi, très près de Zaq. Elle a cette manie de toujours lui toucher le bras, comme si elle avait besoin de créer un contact physique avec lui. Ses longs cheveux foncés et bouclés, partiellement cachés sous une tuque turquoise, descendent en cascade sur son dos et se balancent au rythme de ses pas. Elle a toujours l'air de sortir de chez le coiffeur.

Édith, ma marraine, est coiffeuse. Elle a bien essayé de friser mes cheveux pour Noël l'an dernier. Elle a mis une heure à les sculpter, mèche par mèche, à l'aide d'un fer. Le résultat était magnifique jusqu'au moment de me mettre au lit. Le lendemain matin, non seulement mes boucles avaient totalement disparu, mais elles avaient fait place à des cheveux ébouriffés. On aurait dit que j'avais de la corde sur la tête. Depuis, je m'efforce d'accepter mes cheveux lisses.

— Pauvre Princesse! Il faut absolument la retrouver. Tu crois qu'elle est encore en vie, Zaq? Combien de temps peut survivre un chat dans la neige?

Roxanne lui pose la question le plus sérieusement du monde, comme si Zaq détenait la science infuse. Elle guette sa réponse avec admiration, comme s'il était maintenant un spécialiste du secourisme et de la survie en hiver.

Zaq tente maladroitement de la rassurer en lui rappelant que de nombreux chats sortent à l'extérieur toute l'année. Même que les chances sont assez élevées pour qu'un bon Samaritain l'ait recueillie chez lui, ajoute-t-il, tandis que nous marchons de maison en maison pour laisser une affiche dans chacune des boîtes aux lettres. C'est Roxanne qui les a fait imprimer.

Bernard est en contact avec monsieur Pelletier qui est parti habiter chez sa fille en attendant de pouvoir réintégrer son domicile. C'est lui qui a fait suivre une photo de sa chatte à Zaq. Elle apparaît plus « princesse » que jamais sur ce cliché où elle fixe l'objectif en ayant l'air de se prendre pour Cléopâtre. Elle ne doit plus trop se prendre pour une reine en ce moment.

Roxanne continue de bombarder Zaq de questions et j'en profite pour me perdre dans mes pensées. Je ne sais pas trop pourquoi cette fille m'énerve autant. Ça vient sans aucun doute du fait qu'elle adore avoir l'attention sur elle. Je suis souvent agacée par les gens qui prennent trop de place.

Le père de Roxanne est réalisateur pour la télévision. On pourrait difficilement l'oublier. Elle nous le rappelle tout le temps en nous disant qu'elle est allée sur le plateau de telle ou telle émission, ou encore que telle comédienne ou tel animateur est venu souper chez elle. Elle nous raconte sans cesse ses souvenirs de voyages à Cuba, en Jamaïque et même en Italie.

Le plus loin que mes parents m'ont emmenée, c'est en Gaspésie. Mais bon, je ne leur en veux pas. Leurs salaires ne nous permettent pas de faire le tour du monde et ils mettent leurs économies ailleurs. Je ne manque de rien et on peut très bien passer de fantastiques vacances en demeurant au Québec. Pour rien au monde je ne changerais de famille ou de place avec Roxanne. Il reste que, si je suis honnête avec moi-même, je crois qu'il y a un brin de jalousie dans ce que je ressens pour elle, même si je me l'explique mal. Je ne comprends pas trop ce que Zaq lui trouve non plus.

— Tu viens, Vanille ? Qu'est-ce que tu fais ? me questionne Roxanne qui s'est arrêtée de marcher et qui attend que je les rejoigne.

Je réalise que je suis assez loin derrière eux et que je fixe un écureuil perché sur une branche d'épinette. Il n'a pas l'air d'avoir trop froid malgré la neige. Les aiguilles de l'arbre forment naturellement un petit toit qui le protège du vent. Princesse a probablement elle aussi eu le réflexe de se mettre à l'abri du froid en se réfugiant sous un arbuste ou un balcon. Cette pensée me rassure.

7

Mauvaises intentions?

Il est tout juste huit heures du matin lorsque j'entends des coups contre ma porte.

— Vanille, tu es réveillée?

Je réponds en grognant et en cachant ma tête sous mon oreiller :

— Il n'y a pas moyen de dormir tranquille?!

— Il y a un appel pour toi…

Un appel pour moi? Mais qui peut bien me téléphoner à huit heures un samedi matin?

Le père de Zaq me demande s'il peut entrer. Je m'empresse de remonter mes couvertures et lui réponds que c'est ouvert. Il entre et me tend le téléphone.

— Je suis désolé de t'avoir réveillée, Vanille, mais ça semblait important.

— C'est qui?

— Une certaine Roxanne.

— Roxanne?

Je ne savais même pas qu'elle avait mon numéro de téléphone… Ce doit être Zaq qui le lui a donné. Maintenant qu'il habite ici, c'est devenu son numéro à lui aussi.

— Allô?

— Vanille? C'est Roxanne! Est-ce que je te réveille?

— Bien… un peu… mais ce n'est pas grave. Qu'est-ce qui se passe? C'est quoi l'urgence? Tu as retrouvé le chat de monsieur Pelletier?

— Non, non, pas du tout, malheureusement. Je voulais juste savoir ce que tu faisais aujourd'hui. On peut se voir?

— Se voir? Nous deux?

Je trouve mon commentaire un peu stupide, mais, à ma défense, je viens à peine de me réveiller.

— Avec Zaq, j'imagine?

— Non, non, sans Zacharie, juste toi et moi. On pourra jaser entre filles…

Hum… c'est plutôt louche. Je lui dis quand même oui, intriguée. Sans compter que je n'ai rien de prévu pour la journée. Ma mère revient seulement ce soir du Mexique et je suis seule avec Zaq et Bernard. Je sais qu'ils meurent tous les deux d'envie d'aller voir ce nouveau film qui vient de sortir en salle, un film d'action qui ne m'attire absolument pas. Si je passe la journée avec Roxanne, ça leur permettra d'aller au cinéma en tête à tête.

— D'accord. Je te rejoins où?

— On se voit au parc en face de l'école dans quinze minutes?

— Quinze minutes? Disons une demi-heure?

— D'accord pour une demi-heure. On pourra aller dîner chez moi ensuite. Ma mère t'invite.

Je raccroche le combiné et me lève illico. Je m'habille en quatrième vitesse et me rends à la cuisine. En longeant le salon, je remarque que Zaq s'y trouve toujours, profondément endormi. Sa respiration, à la limite du ronflement, résonne dans toute la pièce. Je m'arrête et rebrousse chemin pour m'approcher de lui. Il ignore que je suis là et qu'il se trouve totalement à ma merci. Je suis tentée de profiter de la situation, mais je me retiens. Non seulement ce serait méchant, mais en plus j'ouvrirais la porte à une dangereuse riposte. Je m'abstiens donc.

J'attrape une banane et une barre tendre que j'engouffre en vitesse. Je fais part de mes plans à

Bernard et, après avoir enfilé bottes d'hiver, manteau, tuque et gants, je file rejoindre Roxanne au parc. Je la trouve assise sur une balançoire, en train de tapoter sur son téléphone.

— Salut!

— Salut! T'as fait ça vite! C'est *cool*!

— Qu'est-ce que tu fais?

— Je mettais mon statut à jour sur Facebook.

— Ah…

— D'ailleurs, c'est quoi ton numéro de cellulaire? Au lieu de te téléphoner, je pourrai te texter. Comme ça, je ne te réveillerai plus.

— Je n'ai pas de téléphone.

— C'est vrai? Tu devrais en demander un pour Noël! Ce serait vraiment pratique.

Je ne vais quand même pas demander un téléphone portable à mes parents seulement pour que madame Roxanne puisse me joindre plus facilement!

— T'as envie d'un chocolat chaud? me lance-t-elle. On pourrait aller en prendre un à la crèmerie. L'été, ils vendent des cornets trempés, mais l'hiver, ils font les meilleurs chocolats du monde. Ils sont recouverts de crème fouettée et de miniguimauves.

J'en salive déjà.

— Excellente idée!

Nous marchons donc jusqu'à la crèmerie, qui est en fait voisine de la boutique d'Oscar. C'est donc devant deux chocolats chauds tout à fait décadents que nous poursuivons notre conversation.

J'accueille d'ailleurs avec surprise la remarque de ma nouvelle copine.

— Je suis contente que l'on devienne amies, toi et moi, Vanille. Tu es l'une des seules personnes en qui je peux avoir entièrement confiance!

Je m'essuie la bouche avec la serviette de papier pour éviter d'avoir une moustache disgracieuse avant de lui répondre.

— Ah oui? Comment ça?

— Bien, parce que tu es la sœur de Zaq! me répond-elle comme si ça allait de soi.

— Je ne suis pas certaine de comprendre.

— Je croyais que c'était super évident, mais peut-être que non, finalement, commence-t-elle tout en jouant dans sa crème fouettée avec le bout de sa cuillère.

Elle dépose ensuite l'ustensile sur la table le plus sérieusement du monde, avance son visage vers moi et me regarde droit dans les yeux.

— Zaq m'intéresse. Même qu'il m'intéresse beaucoup. Je sais que je ne suis pas la seule fille à qui il plaît, alors je suis entourée de compétitrices à qui je ne peux pas faire confiance. Mais avec toi, il n'y a pas de danger.

Je confirme son hypothèse.

— C'est sûr que Quintal et moi, on ne s'endure pas, alors il n'y a effectivement aucun risque que l'on tombe amoureux l'un de l'autre.

— Il y a ça, bien sûr, mais au-delà, vous êtes frère et sœur ; je n'aurai jamais rien à craindre, et ça, même si vous deveniez les meilleurs amis du monde !

Frère et sœur ? Je me demande à quel point Roxanne pense ce qu'elle me dit.

— Roxanne, tu sais que Zaq et moi, nous ne sommes pas réellement frère et sœur, n'est-ce pas ?

— Évidemment que je le sais, Vanille, mais dans le contexte, ça ne change rien.

— Qu'est-ce que tu veux dire ?

— Bien, même si Zaq n'est pas ton frère de sang, tu ne pourrais pas sortir avec lui.

Je suis intriguée. Non pas que j'aie l'intention de sortir avec Zaq un jour (au secours !), mais j'essaie de comprendre son raisonnement.

— Et pourquoi pas?

— Parce que ce serait de l'inceste! me répond-elle, choquée.

— Tu viens de dire que nous n'avions aucun lien de sang. Nos parents sont ensemble, mais Zaq et moi n'avons absolument aucun lien génétique.

— Évidemment, se reprend-elle, ce ne serait pas un véritable inceste, mais ce serait un genre d'inceste… psychologique.

Je trouve ses déductions tout à fait absurdes, mais je me garde de le lui dire et je détourne la conversation. Du moins, j'essaie. Parce que pendant l'heure qui suit, elle ne cesse de me questionner sur Zaq. Je commence à comprendre ce soudain intérêt qu'elle a maintenant pour moi. Roxanne cherche à se rapprocher de moi pour se rapprocher de Quintal. Enfin, tout pointe vers cette théorie.

8

Retrouvailles

En retournant chez moi, en fin d'après-midi, je m'amuse à écouter le bruit de mes pas qui écrasent la neige. En portant très attention au son, je perçois un faible miaulement, à peine audible. Si bien que je crois d'abord au fruit de mon imagination. Je m'arrête tout de même un instant et attends. Il ne manquerait plus que je retrouve Princesse. Je peux déjà imaginer toute la crédibilité que ma découverte viendrait apporter à l'histoire de sauvetage de Zaq. Si elle n'est jamais retrouvée, ni même aperçue par qui que ce soit, les gens finiront sûrement par penser qu'elle a péri dans le feu.

Je m'apprête à reprendre mon chemin lorsque j'entends un nouveau miaulement. Cette fois-ci, ça ne fait aucun doute ; il y a bien un chat quelque part autour. Je me permets d'avancer sur le terrain en direction de l'endroit d'où provient le bruit. Je me fraie un chemin à travers la neige et m'accroupis afin de jeter un coup d'œil sous la galerie. Elle est là. Princesse est là, recroquevillée sur elle-même, apeurée. Il est évident que l'hiver québécois n'est pas fait pour un chat persan. Je l'appelle gentiment et la chatte blanche au museau très court ne se fait pas prier. Elle vient tout de suite vers moi.

— Pauvre petite…, lui dis-je doucement en la prenant dans mes bras. Viens, on va aller te réchauffer. J'en connais un qui sera très content de te revoir, que j'ajoute en pensant à monsieur Pelletier.

Au fond de moi, je suis vraiment heureuse de l'avoir retrouvée. Je la transporte jusque chez moi. En ouvrant la porte, une odeur de sauce à spaghetti me chatouille les narines.

— Venez voir, tout le monde! J'ai une belle surprise!

Ma mère et Bernard ne tardent pas à se pointer. Ils laissent tous deux échapper un cri de joie en apercevant la boule de poils qui se cache dans mes bras. Ce qui ne manque pas d'attirer Zaq, qui arrive à son tour d'un pas nonchalant.

— Qu'est-ce qui se passe?

— Vanille a retrouvé Princesse, lui explique Bernard.

— Elle était où?

J'entreprends de leur raconter les circonstances de ma trouvaille tandis que nous nous rendons à la cuisine. Bernard doit continuer de brasser sa sauce. Ma mère a enroulé Princesse dans une serviette et est en train de la frictionner pour la réchauffer. La pauvre chatte semble trop abasourdie pour essayer de se débattre.

Mila, qui revient tout juste du travail, porte encore son uniforme d'agente de bord. Je l'ai toujours trouvée jolie dans son costume. Lorsque j'étais plus jeune, je disais à quiconque me le demandait que je serais agente de bord quand je serais grande. Mes intentions ne sont plus les mêmes maintenant. Je ne sais pas encore ce que je ferai plus tard, mais j'ai bien le temps d'y penser.

Souvent, j'ai envie de devenir biologiste et de parcourir l'Antarctique comme l'a fait Jean Lemire à bord du *Sedna*. Il m'arrive également de me voir enseignante au primaire ou infirmière. Je m'imagine parfois policière aussi. Je crois que j'ai des aptitudes naturelles à résoudre des enquêtes.

— Je vais appeler Oscar pour voir s'il n'aurait pas une cage dans sa boutique, décide maman. On pourra l'utiliser pour transporter Princesse jusque chez la fille de monsieur Pelletier; c'est là qu'il habite. Tu as son numéro, Bernard?

Ma mère appelle mon grand-père et Bernard téléphone ensuite à monsieur Pelletier. Il est convenu que nous lui apporterons son chat le soir même. Zaq, ma mère et moi en profitons donc pour dorloter Princesse jusqu'au souper. Mon grand-père se présente avec une cage antique qui a probablement transporté davantage d'oiseaux que de chats. Nous avons toutes les peines du monde à l'ouvrir, tant le mécanisme est âgé et rouillé. Bernard l'invite à se joindre à nous pour le souper. L'ambiance est familiale et conviviale, jusqu'à ce que Bernard vienne tout gâcher.

— Monsieur Pelletier sera vraiment content de retrouver sa Princesse. Ça lui fera au moins une bonne nouvelle pour aujourd'hui.

— Quelle est la mauvaise nouvelle ? demande Oscar.

— La mauvaise nouvelle, c'est qu'on est loin de pouvoir retourner chez nous. Les dommages sont trop importants et la compagnie d'assurances a décidé de démolir l'édifice et de le reconstruire. On aura donc un bel immeuble neuf dans quelques mois, mais pour l'instant, on va devoir se trouver un autre endroit où s'installer temporairement.

— Il n'en est pas question, proteste ma mère. Où irait le monde si on ne pouvait plus s'entraider ? Zacharie-Alexandre et toi restez ici. Point final.

— Vanille et toi êtes vraiment merveilleuses de nous accueillir, Mila, mais ça risque d'être long.

— Restez donc jusqu'à la fin des vacances de Noël. Après, on réévaluera la situation. Qu'est-ce que tu en penses?

— D'accord, acquiesce Bernard, un peu par dépit. Mais je vais commencer à regarder les options à long terme, car on ne pourra probablement pas retrouver notre maison avant l'été prochain!

De mon côté, je ne dis pas un mot. L'été prochain? Au secours! J'en aurais donc pour des mois encore à partager ma bulle avec Zacharie-Alexandre Quintal... C'est un cauchemar!

9

L'étrange Samuel

En arrivant à l'école, je me précipite sur Béatrice. On ne s'est pas parlé de la fin de semaine et je réalise que je ne sais même pas comment s'est déroulé son rendez-vous amoureux. À en juger par la manière dont ils sont en train de se regarder dans les yeux et de se minoucher, j'en conclus que ça s'est bien passé. Qu'est-ce que je fais maintenant? Je ne suis tout de même pas pour aller m'asseoir avec eux et devenir la troisième roue de la bicyclette. Je crois que je viens d'inventer cette expression de toutes pièces, mais elle reflète bien ce que j'insinue. Je n'ai pas envie de me sentir de trop.

— Salut, Vanille! Comment ça va? Zaq m'a dit que tu avais retrouvé Princesse finalement! me lance Roxanne qui a profité du fait que j'étais seule pour venir me rejoindre. C'est vraiment trop génial que Zacharie ait réussi à la sortir de la maison juste à temps, non? Il est un vrai de vrai héros, comme on en voit à la télévision! Comment se porte sa main?

— Un héros? Il ne faudrait pas exagérer… La chatte serait probablement sortie toute seule de toute façon… Et puis, pour sa main, il va s'en remettre, ne t'inquiète pas, lui dis-je, légèrement exaspérée.

— Peut-être qu'on devrait le présenter pour une médaille d'héroïsme. J'ai vu ça à la télé l'autre jour : ils décernent des médailles de bravoure à des gens qui ont participé à un sauvetage au péril de leur vie.

— On ne va quand même pas le canoniser parce qu'il a sauvé un chat! À mon avis, on devrait plutôt oublier toute cette histoire et passer à autre chose. On pourrait commencer par effacer ce graffiti qu'il a écrit en lettres géantes sur le mur de l'école : « ZAQ le héro »! Ce n'est pas la modestie qui l'étouffe!

Les joues de Roxanne s'empourprent tout d'un coup. Elle baisse la voix.

— Ce n'est pas Zaq qui a fait ce graffiti, Vanille.

— Pas Zaq? Qui peut être assez stupide pour écrire ça, alors?

— C'est moi.

C'est à mon tour de devenir rouge comme un homard.

— Je suis désolée, Roxanne… Ce n'est pas ce que je voulais dire… Tu n'es pas stupide…

— Ça va, Vanille. Je comprends. J'admets que ce n'était pas l'idée du siècle de vandaliser le mur de l'école. Je me suis un peu laissé emporter par mon enthousiasme. Je voulais impressionner Zacharie aussi. Mais à présent que c'est fait, j'ai tellement peur que Frisette m'attrape que je n'ose même pas avouer à Zaq que c'est moi qui ai écrit ça. Tu gardes le secret, hein? Mes parents me priveraient de sorties pour des mois s'ils étaient mis au courant de ma bêtise.

Je n'arrive pas à croire que le graffiti soit l'œuvre de Roxanne. J'étais certaine que c'était de Zaq. Il me disait donc la vérité.

La cloche sonne et Roxanne me quitte pour se rendre à son cours. Béatrice se détache enfin de son *chum* et vient me rejoindre.

— Salut, Vanille! Il faut vraiment qu'on se parle. J'ai plein de choses à te raconter. On se voit ce midi?

— Tu ne seras pas avec Dylan?

— Pas aujourd'hui. Il s'occupe de la radio étudiante.

— Je suis donc ton bouche-trou, si je comprends bien, que je lui lâche pour rire.

— Mais non, tu auras toujours ta place même si j'ai un *chum*. Je t'annonce d'ailleurs officiellement que Dylan est mon *chum*.

— T'es sérieuse? Je ne l'aurais jamais deviné, lui dis-je encore une fois à la blague. Disons que je l'avais compris. Vous n'étiez pas très subtils.

C'est maintenant à elle de rougir jusqu'à la racine des cheveux. La deuxième cloche retentit, nous signalant que nous sommes en retard. Mon amie part littéralement en courant dans le corridor en me lançant :

— On se rejoint ce midi!

J'attrape mes livres et essaie tant bien que mal de fermer la porte de mon casier qui déborde. Je manque assurément d'espace. Mon arrivée tardive en classe passe inaperçue, puisque mon enseignant d'histoire est lui-même en retard. Je peux donc souffler un peu.

Certains élèves sont sur le point de quitter le local quand monsieur Ferdinand arrive enfin. Fidèle à son habitude, il est un peu perdu. S'il a une excellente maîtrise de la matière qu'il enseigne, il n'est pas le plus organisé des profs. Il met un certain temps à démarrer le tableau interactif, si bien que quinze minutes du cours se sont déjà écoulées lorsqu'il se racle la gorge pour avoir notre attention. La classe retrouve peu à peu son calme.

Sur l'écran, on peut lire le sujet du jour : « Le naufrage de l'*Empress of Ireland* ».

Au grand découragement de notre enseignant, personne dans la classe n'a entendu parler de ce drame, alors que tout le monde connaît très bien l'histoire du *Titanic*. Les deux bateaux ont fait naufrage à la même époque. L'*Empress of Ireland* en 1914, soit deux ans après le *Titanic*. S'il nous en parle aujourd'hui, c'est que c'est le centième anniversaire de cette catastrophe cette année. Il serait tout de même dommage de passer sous silence la plus importante tragédie maritime de l'histoire du Canada. Plus de mille personnes y ont perdu la vie. Ce naufrage a été un peu éclipsé par le début de la Première Guerre mondiale, ce qui explique en partie qu'il ait moins retenu l'attention que celui du *Titanic*.

Je ne suis pas une fervente d'histoire habituellement, mais là, le sujet m'intéresse. Ça semble aussi être le cas de Zaq, qui paraît absorbé par ce que raconte notre professeur. Il porte peu d'attention à Roxanne, qui lui glisse discrètement des bouts de papier et qui lui chuchote régulièrement des mots à l'oreille. Peut-être que cette tragédie lui rappelle celle qui a emporté sa mère ? Un autre naufrage à plus petite échelle…

Monsieur Ferdinand nous expose ensuite le travail que nous aurons à faire sur le sujet. Un projet d'envergure qui doit être effectué en équipe et qui s'échelonnera sur l'ensemble de l'année scolaire. Il nous invite à choisir soigneusement notre partenaire. Je parcours la classe des yeux. Quel dommage que Béa ne soit pas dans mon cours d'histoire! J'envisage de me jumeler avec Zaq. Une option à laquelle je n'aurais jamais songé en temps normal. Comme il semble obnubilé par le sujet, je me dis qu'il y a de bonnes chances qu'il s'investisse à fond dans ce travail. Je m'apprête à lui faire signe, mais Roxanne est agrippée à son bras. J'en conclus qu'il fera le travail avec elle.

— On se met ensemble, Vanille?

Je me retourne et me retrouve face à face avec Samuel. Je suis tellement surprise que je reste figée un instant.

— Tu es déjà avec quelqu'un?

— Euh… non. Je suis seule.

— On se met ensemble?

— Bien oui… Pourquoi pas?

Je me sens intimidée, mais je ne trouve pas d'excuse. Pire, je me vois mal refuser son offre alors que mon niveau de culpabilité envers lui crève déjà le plafond.

Samuel approche donc son pupitre à côté de moi et le colle au mien. Même une fois assis, il semble toujours aussi imposant. Il doit avoir grandi d'au moins un pied depuis la rentrée. J'hésite à aborder la question, mais c'est plus fort que moi.

— Tu as beaucoup… disons *changé*… ces dernières semaines.

— Oui, c'est une idée de mon psychologue. Il m'encourage à me dégêner et à m'affirmer un peu plus. J'ai décidé de suivre ses conseils pour voir…

— Ton… psychologue ? Tu vois un psychologue ?

J'essaie de rester nonchalante. Je ne veux surtout pas lui donner l'impression que je le juge.

— Oui, je vois un psy, mais ça n'a rien à voir avec Bob, t'inquiète pas, termine-t-il en me souriant pour la première fois depuis que je le connais.

Ce sourire inattendu me détend complètement. C'est comme s'il venait de chasser la tension que je créais moi-même. Pour la première fois, Samuel m'apparaît sous un tout nouveau jour.

— Tu m'en vois vraiment rassurée, lui dis-je en lui souriant à mon tour.

— Mes parents trouvaient que je ne souriais pas beaucoup et que j'avais peu d'amis. C'est leur idée à eux, le psy, mais finalement, ça m'aide beaucoup. Ce n'est pas juste pour les fous, ajoute-t-il à la blague.

— Je n'ai jamais rien cru de tel.

— Et si ça peut te rassurer, j'ai remplacé Bob par un autre animal. J'ai maintenant un rat à la maison.

— Un rat?

— Oui, il s'appelle Bob lui aussi.

— Eh bien moi, j'ai un hérisson. Il s'appelle Cactus. Pourquoi un rat?

— Parce que ce sont des mal-aimés. Les petits chats mignons et les hérissons ont la cote, mais les vieux rats font peur sans raison. J'avais envie de leur donner une chance.

Voilà qui n'est pas bête. J'aime bien cette façon de penser. Cette idée d'aller au-delà des apparences et de ne pas se conformer. C'est tellement plus facile de suivre la vague et de faire comme tout le monde, surtout dans une école secondaire.

Nous nous mettons au travail et je finis la période sur une bonne note. J'ai la sensation d'avoir découvert un petit trésor bien caché sans l'avoir cherché. Je suis de bonne humeur.

Je croise le regard de Zaq au moment où il quitte la classe. Il a l'air un peu découragé. Roxanne est toujours à ses côtés, pendue à son bras, et semble engagée dans une grande discussion. J'ai presque l'impression que les yeux de Zaq m'appellent à la rescousse, mais je dois certainement me tromper.

10

Un grand événement

Bernard et Mila nous sortent au restaurant ce soir. En plein milieu de semaine, c'est louche. D'autant plus que j'ai eu mes premières règles ce matin. Ma mère semblait vraiment heureuse et excitée, comme lorsque j'ai perdu ma première dent de lait. Je ne vois pas en quoi l'arrivée de mes menstruations est synonyme de fête. Elle, elle considère ça comme un passage vers le monde adulte, un signe que je grandis et que je deviens une jeune femme. Ce n'est pas de moi, je reprends ses mots. Bref, un peu plus et elle téléphonait à toute la parenté pour organiser une immense fête. La honte. Voilà pourquoi un frisson de panique me parcourt des pieds à la tête quand ma mère décide de prendre la parole, de manière un peu officielle, pour faire une annonce.

— Nous avons un grand événement à célébrer ce soir, commence-t-elle en levant son verre.

— Non, non, non! Surtout pas!

J'ai presque crié et quelques têtes se sont tournées vers nous.

— Je ne vois vraiment pas en quoi ça regarde Zacharie et Bernard. C'est ma vie privée et tu n'as pas à partager mon intimité avec eux. Ça n'a rien d'un grand moment de toute façon. Même que moi, je trouve ça pas mal plus de trouble qu'autre chose!

On dirait que le temps s'est suspendu. Zaq et son père nous fixent tour à tour, ma mère et moi, dans la plus totale incompréhension. Mila dépose son verre de vin sur la table et me regarde encore une fois avec une expression mi-amusée, mi-découragée.

— Ma chère fille, tu t'énerves pour rien. Je n'avais nullement l'intention de dévoiler des détails intimes sur ta vie privée. J'allais tout simplement annoncer que Bernard et moi sommes officiellement ensemble depuis un mois. Je voulais donc lever mon verre à notre amour et à notre nouvelle famille.

J'ai vécu de nombreux moments gênants ces dernières semaines, mais celui-ci est probablement le numéro un au palmarès.

— C'est quoi ton événement important et intime? me questionne Zaq, qui ne manque pas une occasion de me mettre mal à l'aise.

Son père lui donne un petit coup de coude pour le rappeler à l'ordre. À mon grand soulagement, ma mère lève à nouveau son verre en proposant un toast à notre famille recyclée. Zaq et moi levons donc nos Shirley Temple, que nous frappons contre les verres de vin de nos parents.

La suite ressemble un peu à un conseil de famille. Dans le contexte où nous devrons tous cohabiter pour encore quelques semaines dans un quatre et demie, certaines mesures sont nécessaires. Bernard demande à Zaq d'utiliser des écouteurs lorsqu'il fait jouer sa musique pour ne pas l'imposer à toute la maisonnée. Alléluia ! Ma mère explique ensuite que nous installerons un deuxième bureau dans ma chambre afin que Zaq puisse aussi y faire ses devoirs. Il continuera de dormir sur le futon du salon, mais, comme ma chambre est grande, c'est là que le bureau sera installé. Il me faudra donc partager mon espace le plus personnel avec lui. Certaines précisions sont également apportées concernant la répartition des corvées ménagères.

Nous terminons le repas par un dessert et retournons à la maison en marchant. Zaq et moi avançons rapidement, tandis que Bernard et ma mère prennent leur temps et s'arrêtent parfois pour regarder les vitrines.

— Alors, c'était quoi ton grand événement ?

Pas question qu'on s'aventure sur ce terrain-là.

— Oublie ça, Zaq. Ce n'est vraiment pas de tes affaires !

J'essaie de détourner la conversation.

— Et puis toi, dis-moi, comment ça se passe avec Roxanne ?

— Il ne se passe rien avec Roxanne. Sinon qu'elle me suit partout où je vais.

— Ça doit te faire plaisir, tu la trouvais tellement belle…

— Je la trouve surtout étourdissante pour le moment. Elle parle tout le temps !

J'éclate de rire. « Étourdissante », c'est un choix de mot plutôt juste pour décrire Roxanne.

— Et toi, tu t'es réconciliée avec Samuel-le-bizarroïde ?

Je ne croyais pas qu'il s'était rendu compte que nous nous étions jumelés pour le travail d'histoire.

— Il est beaucoup moins étrange qu'il en a l'air.

Nous décidons de prendre un raccourci en traversant le terrain de la polyvalente. En longeant le côté de l'école, nous remarquons tous les deux en même temps le changement. Quelqu'un a barbouillé le graffiti de Roxanne. La modification est minime, mais significative : le « h » de « héro » a été raturé et remplacé par un « z ». On peut maintenant lire « ZAQ le zéro » au lieu de « ZAQ le héro ». Bien entendu, l'erreur orthographique a facilité le travail du graffiteur.

Je ne peux retenir un éclat de rire, tandis que Zacharie joue à celui qui est offusqué.

— C'est le juste retour du balancier, Quintal. Tu passes d'un faux héros à un vrai zéro !

Je saute sur place, je me tape sur les cuisses, je me tords de rire. Zaq, lui, se casse la tête à essayer de découvrir qui a bien pu faire ça. Il y va de toutes les hypothèses. Par chance, il semble me croire lorsque je lui dis que ce n'est pas moi. Il est convaincu que c'est un gars jaloux de sa relation naissante avec Roxanne. Il est aussi tenté d'aller acheter de la peinture pour corriger le graffiti, même si l'idée de vandaliser le mur de l'école n'est pas une option sans risque.

Je ris toujours quand nous arrivons devant chez moi. Je m'arrête en voyant une drôle de dame assise sur la galerie. Elle porte une longue jupe multicolore, et ses longs cheveux blonds sont ramassés en des dizaines et des dizaines de tresses très fines qui dépassent de sa tuque à gros pompon. Au premier coup d'œil, elle a l'air un peu excentrique. En nous apercevant, elle se lève et nous offre un grand sourire. Le plus étrange dans le fait que cette inconnue soit sur mon perron, c'est qu'elle a une énorme valise déposée à côté d'elle. Ça, et aussi le fait qu'elle ressemble à s'y méprendre à Sarah, la mère de Zaq.

11

Visite-surprise

Abandonnant sa valise sur la galerie, elle s'approche de nous. Elle observe un long moment Zaq, de la tête aux pieds.

— Tu as tellement grandi, Zacharie. Ça fait si longtemps! s'exclame la dame.

Des larmes lui montent aux yeux, qu'elle essuie du revers de la main. Elle se retient visiblement de le prendre dans ses bras en constatant qu'il n'a aucune idée de qui elle est.

— Je suis désolée, les enfants, je ne veux surtout pas vous faire peur. J'aurais dû me présenter. Je suis ta tante Karina, la sœur de ta mère, mais je doute que ton père t'ait parlé de moi.

Zaq confirme de la tête.

— Ah, Bernard… Il sera vraiment surpris en me voyant ici.

Ce disant, Zaq et moi, nous nous retournons tous les deux en direction du coin de la rue, où l'on peut apercevoir les tourtereaux qui s'en viennent main dans la main. La tante de Zaq avait effectivement vu juste. Bernard est dans tous ses états lorsqu'il reconnaît sa belle-sœur.

— Veux-tu bien me dire ce que tu fais ici ?!

— Je viens voir mon filleul. Tu m'avais dit que tu lui parlerais de moi, Bernard, et je constate que tu ne l'as pas encore fait.

— J'avais l'intention de le faire. Il y a seulement une semaine que l'on s'est parlé au téléphone. Je t'ai dit que je parlerais de toi à Zacharie-Alexandre, mais je n'en ai pas encore eu l'occasion. La moindre des choses aurait été d'annoncer ta visite. J'aurais pu le préparer. Mais on sait bien, tu n'as jamais rien fait comme tout le monde !

— Comme si toi tu faisais les choses comme tout le monde ! Tu trouves ça normal que mon neveu ne connaisse même pas mon existence ?

Bernard se passe la main dans les cheveux, visiblement bousculé par la tournure des événements. C'est ma mère qui arrive à la rescousse. J'en déduis que, si Bernard n'a pas encore pris le temps de parler de Karina à son fils, il l'a au moins fait avec ma mère. Elle semble en savoir assez pour interpréter la scène qui se joue présentement devant sa maison.

— Je devine que vous êtes Karina? Je suis Mila, l'amie de Bernard. Il m'a parlé de vous. Il faut comprendre que toute cette situation est relativement nouvelle pour Zacharie, et nous essayons de bien faire les choses. Le mieux, c'est sans doute de discuter de tout ça tranquillement devant un bon café. Si on allait à l'intérieur? suggère-t-elle.

— Je pourrais difficilement ne pas être d'accord avec cette proposition. Il commence à faire drôlement froid.

Nous entrons donc chez nous. Ma mère fait un petit signe discret à Bernard pour qu'il transporte la lourde valise de Karina. Il obtempère, mais sans gaieté de cœur.

Elle prend le manteau de la tante de Zaq et l'invite à entrer.

— Je peux vous offrir un thé ou un café? demande ma mère à son invitée.

— Je ne bois jamais de café, mais j'accepterais volontiers un thé. J'essaie d'en consommer le plus possible. Les bienfaits du thé sont innombrables. J'en bois beaucoup, et du vert de préférence.

— J'ai justement du thé vert, confirme ma mère en déposant la bouilloire sur la cuisinière.

Karina prend place à table et Bernard se résigne à s'asseoir à son tour. Zaq et moi hésitons à nous joindre à eux, ne sachant pas trop si nous sommes les bienvenus dans la discussion « adulte » qui se prépare.

Je prends quelques secondes pour mieux observer la tante de Zacharie. Maintenant qu'elle a retiré ses vêtements d'hiver, elle me semble plus petite. Sa longue jupe jumelle des tons de brun terre et des couleurs très vives. Elle est composée de différents morceaux de tissu qui ont tous été cousus ensemble. Le résultat ressemble à une courtepointe. Je me dis que Karina se l'est probablement procurée dans un autre pays. Elle a assurément une touche sud-américaine. La blouse blanche qui est agencée avec la jupe attire moins l'attention, mais possède tout de même un style bohémien qui la rend unique. Elle rappelle celles portées par les gitanes ou les diseuses de bonne aventure.

Pour compléter sa tenue, Karina arbore des dizaines de bijoux, qui n'ont rien à voir avec mes discrètes boucles d'oreilles : de larges bracelets métalliques couverts de pierres de couleur, de longs colliers et quelques bagues assez impressionnantes. Aux oreilles, elle a des plumes qui descendent jusqu'à lui toucher les épaules. Tout ça, ajouté à sa coiffure très originale, fait d'elle une femme qui doit sûrement attirer l'attention partout où elle passe.

— Tu ne pouvais pas m'annoncer ta visite, hein ? lâche enfin Bernard, encore en colère.

— Bernard…, intervient ma mère.

— Ça va, Mila… Ne vous en faites pas, je connais bien Bernard et ses bonnes manières… Ma visite n'était pas prévue. Je suis en ville pour une exposition et mon vol a été annulé à cause du mauvais temps. J'aurais pu m'installer dans un hôtel jusqu'à demain, mais j'ai eu envie de venir saluer mon filleul. Beaucoup trop de temps s'est déjà écoulé depuis la dernière fois où je l'ai vu.

Ce disant, elle jette un coup d'œil en direction de Zacharie, pour qui elle éprouve visiblement beaucoup d'affection.

— Et tu ne pouvais pas appeler pour t'annoncer ?

— Je l'ai fait, figure-toi, mais vous n'étiez pas à la maison.

Ces explications finissent par calmer Bernard un peu. Ça et les biscuits que ma mère glisse sur la table. Zaq et moi nous décidons à attraper un biscuit et à nous asseoir avec les adultes.

— Vous êtes donc la sœur de ma mère ?

— Pas de vous avec moi, Zaq. Je ne suis pas si vieille. Tu peux et dois me tutoyer.

— Tu étais donc la sœur de ma mère? se reprend-il.

— Oui, Zaq. J'étais la sœur de Sarah.

— Zacharie, je t'ai déjà expliqué que de nombreuses personnes m'avaient tourné le dos lors de l'accident de Sarah, n'est-ce pas? Bien Karina est l'une d'elles, commence Bernard.

Celle-ci cherche à l'interrompre pour se justifier, mais Bernard lui fait signe qu'il préfère continuer.

— Je comprends mieux Karina à présent. Elle avait beaucoup de peine. Ce fut un énorme drame pour tout le monde et chacun a tenté de vivre son deuil à sa façon. Karina a souvent essayé de renouer avec nous depuis, mais j'ai toujours fermé la porte. Je vois les choses autrement maintenant, et j'ai décidé de l'appeler la semaine dernière.

— J'étais tellement heureuse d'entendre la voix de ton père, Zaq, si tu savais! J'étais particulièrement folle de joie à l'idée de te revoir. Tu n'avais que trois ans la dernière fois que je t'ai tenu dans mes bras.

— Karina nous a invités à aller passer les vacances de Noël chez elle. J'ai accepté son invitation et j'avais donc l'intention de tout te raconter au cours des prochains jours. Mais bon, les circonstances étant ce qu'elles sont, tu apprends tout ça aujourd'hui et pas de la manière dont je souhaitais t'en faire part.

— Mon invitation pour Noël tient toujours. Je vous invite aussi, Mila et Vanille. J'aimerais avoir l'occasion d'apprendre à vous connaître davantage.

— C'est bien gentil, Karina, la remercie ma mère, mais mon père habite seul et je me vois très mal l'abandonner pour les fêtes. Bernard et Zacharie pourront se joindre à vous, mais Vanille et moi resterons ici.

— Il n'y a aucun problème ! Emmène ton père aussi. Je le dis très sérieusement. C'est comme ça chez moi. Ma maison est toujours ouverte et plus on est nombreux, plus on a de plaisir.

— Merci, Karina. Je vais y penser et on pourra s'en reparler très bientôt.

— J'espère que vous accepterez ma proposition. La maison est assez grande pour tous vous accueillir, et ma fille serait bien heureuse de rencontrer son cousin… et sa presque cousine. Elle a à peu près votre âge, les enfants.

— Tu as une cousine, Zaq ? que je lui demande.

— C'est toute une surprise, répond-il. En Abitibi ? C'est loin.

— Ce l'est, confirme Bernard. Karina habite à Val-d'Or, à plus ou moins six heures de route d'ici. Et c'est sans compter les temps d'arrêt en chemin.

— Est-ce que ma mère a d'autre famille dont j'ignore l'existence? demande Zaq, encore un peu ébranlé par la nouvelle.

— Non, je te le jure, fiston. Tu sais vraiment tout maintenant, le rassure Bernard, tandis que Karina approuve de la tête.

La soirée se poursuit alors que les échanges vont bon train. La tension diminue entre Karina et Bernard. Zacharie se remet également de ses émotions et ma mère finit par confirmer notre présence au réveillon de sa tante. Les discussions continuent tandis que je file me coucher. Karina dormira sur un matelas gonflable et repartira très tôt le lendemain matin. C'est donc ainsi que j'ai appris que je vivrais un premier Noël en Abitibi et un premier Noël avec Zacharie-Alexandre Quintal.

12

Cohabitation difficile

— Quintal! Est-ce qu'il y a un moyen pour que tu baisses le siège de toilette quand tu as fini?!

Je suis consciente que ça énerve ma mère lorsque je crie à travers toute la maison, mais j'en ai marre de toujours avoir à répéter les mêmes rengaines. Il me semble que ce n'est pas compliqué, pourtant.

— C'est quoi le problème? me demande-t-il en arrivant dans l'entrebâillure de la porte de la salle de bain.

— Le problème, c'est que tu ne rabaisses jamais le siège après avoir été à la toilette!

— Peut-être que le problème c'est ça, plutôt, non? me lance-t-il en me montrant un emballage de serviette sanitaire qui traîne sur le comptoir. C'est ça qui explique ta mauvaise humeur? C'était ça, ton grand événement?

— Tu n'as vraiment pas rapport, Quintal! Sors d'ici tout de suite!

Je grogne si fort qu'il fait mine de se protéger en refermant rapidement la porte derrière lui. Je perçois son rire de l'autre côté et ça me met encore plus en colère. J'entends ma mère intervenir au loin.

— C'est assez, vous deux! Laissez-vous tranquilles et dépêchez-vous un peu. Vous allez être en retard à l'école.

Je jette un coup d'œil à ma montre et constate qu'elle a raison : il est très tard. Je me brosse les dents et les cheveux aussi vite que je le peux et ramasse mon sac. J'enfile mes bottes et mon manteau tout en jouant du coude avec Zaq qui est aussi pressé que moi. J'entends nos parents qui se disputent à propos de je ne sais quoi. La cohabitation n'est peut-être pas évidente pour eux non plus? Peut-être qu'ils envisagent de se laisser?

— Attendez-moi, intervient finalement Bernard qui nous rejoint dans l'entrée. Vous allez être en retard. Je vais aller vous reconduire.

Au bout du compte, nous aurions peut-être dû marcher; à cause du temps que Bernard a pris pour dégager le tour de la voiture avec sa pelle et dégivrer les vitres, nous sommes arrivés à l'école avec quinze minutes de retard. Au moins, il est justifié aux yeux de Frisette, puisque Bernard s'est donné la peine d'entrer pour s'excuser. À en juger par l'agitation dans les couloirs, nous ne sommes pas les seuls retardataires. C'est le dernier jour d'école avant le congé des fêtes et tout le monde semble déjà avoir un peu la tête en vacances.

— Allez, allez! Dépêchez-vous! Votre retard est justifié, mais ce n'est pas une raison pour traîner dans les couloirs. La cloche est sonnée depuis long-temps, nous réprimande Frisette tandis que nous fouillons dans nos casiers. J'ose espérer que vous retrouverez vos bonnes habitudes au retour des vacances…

La journée passe très vite. La plupart des profs en profitent pour diffuser des films. Toutes les activités du midi sont terminées depuis une se-maine et tout le monde est libre pour dîner.

Je ne sais pas si c'est dû à l'esprit des fêtes, mais nous nous regroupons naturellement pour manger. Pour la première fois depuis qu'ils sortent ensemble, Béatrice et Dylan s'assoient avec nous pour le lunch. D'habitude, ils flânent plutôt avec ses amis à lui dans l'aire des 4e secondaire. Zaq et Roxanne se joignent aussi à nous, et je fais enfin signe à Samuel, que j'aperçois seul un peu plus loin.

L'espace d'une seconde, je me dis que, pour les autres, on doit donner l'impression d'être trois petits couples. Pourtant, il n'y a rien entre Sam et moi. Rien d'autre que de l'amitié, on s'entend. Il reste que nous nous sommes vraiment rapprochés tous les deux depuis que nous travaillons ensemble sur notre projet en lien avec l'*Empress of Ireland*. Samuel est en train de devenir un ami sincère. Pour ce qui est de Zaq et Roxanne, disons simplement qu'ils ne forment pas encore officiellement un couple, même si Roxanne y travaille très fort.

— Allez, gang, un petit effort. Plus que deux cours et c'est la liberté! nous encourage Dylan.

Il embrasse mon amie et nous quitte pour retourner dans ses quartiers. Nous nous dispersons nous aussi pour prendre le chemin de nos cours respectifs. J'ai la tête dans mon casier lorsque Béatrice attire mon attention:

— T'as vu ça, Vanille?

Je lui réponds un simple «Quoi?», un peu distraite.

— Ça! me dit-elle en pointant dans la direction des casiers face aux nôtres.

C'est alors que je vois Roxanne, sur la pointe des pieds, en train de donner un baiser à Quintal sur la bouche. Il semble aussi surpris que moi. Pendant quelques secondes, mon cœur s'arrête malgré moi. Et surtout sans que je ne sache trop pourquoi.

Je me ressaisis et prends un air détaché pour répondre :

— Ce n'est pas très surprenant. Ce n'était qu'une question de temps !

Je referme ensuite mon casier et me rends en classe.

13

Une cousine par alliance

La route est longue jusqu'en Abitibi. Tout particulièrement la deuxième moitié, qui consiste en majeure partie à traverser le parc de La Vérendrye. Épinette, sapin, épinette, sapin... Pendant des heures, on ne croise aucune civilisation autre que les voitures qui arrivent en sens inverse. Quelques affiches en bordure de route, proposant de l'artisanat amérindien, donnent parfois un indice de vie humaine.

Nous arrêtons au Domaine, le seul endroit où il est possible de faire une pause ravitaillement dans le parc. Bernard met de l'essence alors que ma mère et moi en profitons pour aller aux toilettes. Je retrouve Zaq au kiosque de souvenirs. Il est en train d'essayer une drôle de tuque. Je me moque de lui un peu et l'essaie à mon tour. On rigole un moment. Notre complicité passagère me pousse à lui demander s'il va s'ennuyer de sa belle Roxanne pendant nos vacances à Val-d'Or.

— Bof! Pas vraiment! Je t'avoue que je commençais à avoir besoin d'une petite pause.

Zaq se rend au comptoir de la cafétéria. Il achète une tablette de chocolat et commande un café pour Bernard. Je réussis quant à moi à convaincre ma mère de m'acheter un capteur de rêves. J'ai souvent vu, dans des livres, des images de cet objet fabriqué d'un anneau et d'un filet, mais c'est la première fois que j'en vois un vrai. Selon la légende, le capteur de rêves empêche les cauchemars d'envahir le sommeil de son déten-teur. Je n'y crois pas vraiment, mais ça demeure un objet intéressant et original à mettre dans ma chambre.

Nous remontons dans la voiture et poursui-vons notre route pour une bonne heure et demie. Zaq est marabout parce que le signal cellulaire ne rentre plus et qu'il ne peut plus continuer de tex-ter. Il se résigne donc à fermer les yeux et à som-meiller un peu. Lorsque je le sens bien endormi, j'attrape son téléphone et en profite pour le photo-graphier, la tête accotée sur la fenêtre, la bouche ouverte. Je m'envoie ensuite la photo par courriel. J'ignore ce que j'en ferai, mais ça pourra certaine-ment m'être utile un de ces quatre.

Si on calcule notre arrêt pour dîner, il nous aura fallu un peu moins de huit heures pour arriver à destination. Nous sortons de la voiture et entreprenons de nous étirer et de nous dégourdir les jambes. Il ne faut que quelques secondes pour que nos hôtes sortent de la maison et viennent nous accueillir. Karina est vêtue simplement aujourd'hui, mais ses cheveux sont attachés sur le dessus de sa tête et les petites tresses retombent en fontaine de tous les côtés. C'est fou comme sa ressemblance avec Sarah est frappante. J'imagine que ça doit être assez troublant pour Zaq et encore plus pour Bernard, qui doit avoir l'impression de revoir sa femme. Évidemment, la mère de Zaq était beaucoup moins excentrique, mais les traits de leur visage sont très semblables. Il y a quelque chose dans le regard aussi qui est identique chez les deux sœurs.

Karina court littéralement vers nous. Elle a assurément un petit côté hyperactif. Enfant, elle devait avoir beaucoup de mal à tenir en place. À première vue, sa fille adoptive paraît beaucoup plus calme qu'elle. D'origine chinoise, elle a les traits typiques d'une Asiatique, mais ses cheveux teints en roux lui donnent une touche occidentale. Sans oublier que ce brin d'originalité rappelle qu'elle est bien la fille de Karina.

— Annabelle, je te présente ton cousin Zacharie-Alexandre et ta presque cousine Vanille.

Mon regard croise celui de Zaq. Annabelle, comme la poupée, ne peut-on s'empêcher de penser.

— Vanille ? C'est original ! J'adore ! s'exclame Annabelle, sincère.

Je l'aime tout de suite. Comment pourrais-je résister à une fille aussi sympathique ? Karina nous présente ensuite son mari, Damien, un homme grand et costaud à la mâchoire carrée. De prime abord, il semble sérieux et même un peu intimidant. Il jouerait certainement le rôle du méchant dans un film. Mais lorsqu'il sourit en nous serrant la main, il a l'air très doux, voire un peu timide.

Ils nous invitent à entrer dans la maison et nous font faire le tour du propriétaire. Je comprends vite que Karina est une artiste peintre. Partout, des toiles colorées recouvrent les murs. Certains tableaux mesurent plusieurs mètres de long. Son art abstrait frôle parfois le psychédélique. Dans tous les cas, je suis envoûtée. Chacune des peintures a sa propre personnalité que j'aurais envie de percer. Je n'arrive pas à les quitter des yeux. J'imagine la tante de Zaq, debout au centre de la pièce, vêtue d'une longue robe vaporeuse, s'amusant à lancer de la peinture dans toutes les directions, sur plusieurs toiles placées autour d'elle. Une artiste en pleine création se laissant guider par ses émotions.

J'ai toujours eu de la difficulté à comprendre le sens d'une œuvre d'art. Mon enseignante d'arts plastiques aime nous rappeler qu'«art» n'est pas nécessairement synonyme de «beau». Son message passe particulièrement bien lors de la remise des notes. On n'a jamais celle que l'on espère avoir. Elle recale des bijoux de dessins aux multiples détails et donne un A à une banale montagne faite en pâte à modeler. C'est une question de respect du thème, explique-t-elle, et de «synergie», pour employer son expression préférée. «Tout est une question de SY-NER-GIE!»

Au début de l'année, elle nous a montré un film sur des artistes controversés. L'un d'entre eux a fabriqué une sculpture gonflable d'une vingtaine de mètres de long et représentant rien de moins qu'un énorme caca. De l'art... Tu parles! Il y en a même qui ont fait des sculptures avec de vrais excréments et d'autres avec de la viande. La chanteuse Lady Gaga a d'ailleurs créé une polémique en se présentant à une remise de prix avec une robe faite de viande. Une robe en viande! N'importe quoi!

Les tableaux de Karina n'ont rien d'aussi délirant, mais ils ont quand même quelque chose de déstabilisant, de jamais vu. Le plus curieux, c'est que cet art contemporain côtoie des antiquités. Oscar est d'ailleurs aux oiseaux ici. Tel un jeune garçon dans un magasin de bonbons, il se promène de pièce en pièce pour admirer commodes, chaises et miroirs d'une autre époque. Karina continue la visite avec mon grand-père. Les deux viennent de se découvrir une passion commune. Ma mère les accompagne, tandis que Bernard et Damien vont chercher les bagages dans l'auto.

Zaq et moi poursuivons également notre visite, en compagnie d'Annabelle. Je remarque que de nombreux souvenirs de voyage font aussi partie de la décoration. La tante de Zaq semble avoir fait le tour du monde. Annabelle nous présente sa chambre, qui fourmille d'appareils électroniques (c'est là que je dormirai), et termine par la chambre d'amis, où Zaq et Oscar installeront leurs quartiers.

Il est déjà tard, alors nous passons le reste de la journée à la maison. Nous mangeons une raclette et, pendant que les adultes finissent leur verre de vin, nous, les jeunes, regardons un des nombreux films de Noël diffusés à la télévision un 23 décembre.

— Ça te dirait d'aller faire une petite virée en ville avec moi demain, Vanille? me demande Annabelle. J'ai un cadeau de dernière minute à trouver pour ma mère.

— Bonne idée! J'essaierai aussi de trouver quelque chose pour mes parents.

— Tu viens avec nous, Zaq?

— Désolé, les filles! Damien a proposé d'aller me faire visiter la mine où il travaille et honnêtement, le magasinage, ce n'est pas trop mon dada. De toute façon, tous mes cadeaux sont déjà réglés... y compris le tien, Vanille!

— T'as un cadeau pour moi?

Je suis perplexe.

— Quoi? Toi, non?

Bien non! La vérité, c'est que je n'ai pas pensé que Zacharie et moi étions assez proches pour nous échanger des cadeaux de Noël. Le problème est que, s'il en a vraiment un, j'aurai l'air bien ordinaire de ne rien avoir préparé pour lui. Comment savoir s'il dit vrai? Il y a de réelles chances qu'il soit juste en train de se moquer de moi.

14

Sortie de filles

Karina nous a déposées sur la 3ᵉ Avenue, la rue commerciale de la ville. Elle doit aller faire l'épicerie et nous donne rendez-vous une heure plus tard sur le perron de l'église. Le reste de la troupe, y compris Zaq, est partie visiter la mine où travaille Damien. Annabelle y a déjà accompagné son père des dizaines de fois et n'avait pas trop envie de remettre ça aujourd'hui.

En ce qui me concerne, j'ai préféré tisser des liens avec elle plutôt que d'aller sous terre, surtout que je suis claustrophobe. Nous voilà donc à nous promener dans cette rue animée sans être achalandée. Nous entrons dans la librairie, où j'achète un signet que j'offrirai à ma mère et un stylo en bois que je donnerai à mon père à mon retour.

— Je manque d'inspiration pour mon grand-père, dis-je à Annabelle. À part une antiquité, je ne sais pas trop quoi lui offrir, et le problème, c'est qu'elles se vendent à des prix qui dépassent largement mes moyens. Et toi, tu as une idée de ce que tu aimerais trouver?

— Contrairement à toi, je sais exactement ce que je cherche. Suis-moi.

Je la suis dehors et nous nous rendons dans un commerce voisin.

— Ma mère adore les pierres, m'explique-t-elle. Et ici, c'est le paradis des roches et minéraux. Regarde celle-ci, lance-t-elle en pointant une pierre coupée en deux. De l'extérieur, elle a l'air de rien, mais lorsqu'on regarde l'intérieur, les cristaux violets translucides sont à couper le souffle.

Elle porte ensuite son attention sur quelques pierres polies et revient à celles qui sont brutes et beaucoup plus impressionnantes.

— La bleue est jolie, mais j'aime bien la orange, mentionne-t-elle en me montrant une petite roche sous laquelle il est écrit «calcite orange».

Annabelle commence à lire le court descriptif accompagnant la pierre:

— «La calcite favorise la soudure des os et diminue les tendances à la carie dentaire.» C'est celle-ci qu'il me faut! s'exclame-t-elle. Ma mère a horreur du dentiste. Peut-être qu'en la mettant sous son oreiller la nuit, elle arrivera à s'éviter des visites chez le dentiste.

— Tu es sérieuse là ? Tu crois vraiment ces balivernes ? La seule chose que ta mère risque d'avoir si tu déposes cette pierre sous son oreiller, c'est un torticolis ! Vas-y plutôt avec l'améthyste, que je lui suggère en indiquant la pierre violette. Elle est beaucoup plus belle, même si elle n'empêche pas les caries, dis-je à la blague.

— Tu as raison, je vais y aller avec celle-là.

Elle fait un signe à la dame derrière le comptoir. Celle-ci s'approche et, après avoir perçu quelques dollars à mon amie, dépose la pierre dans un mignon petit sac. Je me laisse du même coup tenter par un fossile. D'une certaine façon, c'est une antiquité et c'est un objet unique. Ça plaira sûrement à mon grand-père. Contentes de nos emplettes, nous marchons en direction de l'église où Karina nous a donné rendez-vous. Je réalise alors que je n'ai rien pour Zaq.

— Tu crois que Zaq a vraiment un cadeau pour moi ?

— Pourquoi pas, puisqu'il te l'a dit ?

— Connaissant Zaq, s'il a quelque chose pour moi, ce sera une blague d'un goût douteux…

C'est à ce moment précis que mes yeux se posent sur la quincaillerie. Me vient tout à coup une idée de génie. Je sais exactement ce que je vais offrir à Zaq pour Noël.

— Suis-moi, Annabelle ! Tu seras ma complice.

C'est en riant que nous ressortons toutes les deux du commerce quelques minutes plus tard.

— J'ai vraiment hâte de voir la tête que fera Quintal ! lance Annabelle, qui s'amuse à reprendre le surnom que je donne à son cousin. On va bien rigoler !

15

Un Noël blanc

Il a été décidé que nous irions tous à la messe de minuit. Ma mère y tient beaucoup. Elle n'est pas très pratiquante (Noël est pas mal la seule fois de l'année où elle met les pieds dans une église), mais elle n'en demeure pas moins croyante. La messe de Noël a avant tout une connotation folklorique.

Mila aime retrouver ses voisins sur le perron de l'église le soir du réveillon, voir le nouveau-né qui jouera son premier rôle au théâtre en personnifiant Jésus, et chanter des louanges qu'elle connaît depuis sa plus tendre enfance. Célébrer la messe de minuit est réconfortant et lui rappelle des souvenirs.

Mon père a quant à lui tracé un gros trait sur cet aspect de son passé. Et pas avec un crayon effaçable à sec, mais bien avec un crayon noir permanent qui sent fort. En d'autres mots, il a rompu avec son passé catholique. Mon père affirme haut et fort qu'il est athée, autrement dit qu'il ne croit pas en Dieu. C'est le seul sujet sérieux de discorde entre mes parents. Ma mère considère qu'il blasphème en se disant non-croyant. Mon père, lui, s'amuse de la situation.

Et moi là-dedans? Je ne sais pas trop si je crois en Dieu ou pas. Des jours si, des jours non. Béatrice me dit que je triche en demandant l'aide de Dieu seulement lorsque ça va mal ou que j'ai besoin d'une faveur.

— Crois-y ou pas, Vanille, mais branche-toi! Tu ne peux pas y croire juste quand ça fait ton affaire.

Elle a peut-être raison… Mais j'aime bien croire que, si Dieu existe, il verra que je suis une bonne personne qui aide les autres dans la vie et qu'il ne m'en voudra pas parce que je ne crois pas tous les jours en lui ou parce que je l'appelle Jésus, Dieu, Allah ou Bouddha. Je me demande si Zaq est croyant? Je serais portée à penser que non: je l'imagine mal parler à Dieu ou encore aller dans une église, même à Noël. D'un autre côté, ça doit aider de croire en Dieu lorsqu'on a perdu quelqu'un de très proche.

Zacharie n'a pas cessé de me parler pendant la messe. Tout bas, mais à la limite de déranger les autres. Nous avons chanté avec entrain comme si nous faisions partie d'un chœur de petits chanteurs.

On dirait que nous avons fait une trêve, Zaq et moi, depuis que nous sommes en Abitibi. Un court arrêt de la guerre pour la période des fêtes.

À notre sortie de l'église, il neige. De gros flocons valsent dans une douce descente jusqu'à ce qu'ils se déposent quelque part, au sol, sur une branche d'arbre ou encore une voiture. La nôtre est presque entièrement dissimulée sous la neige. Zaq entreprend de la dégager tandis que son père est occupé à converser avec Karina et des amis.

— Bon, c'est le temps des cadeaux, maintenant. Dépêchons-nous un peu! lance Zaq, qui met encore plus d'énergie à déneiger l'auto.

Je comprends à présent pourquoi. Je réalise en le regardant qu'il n'a plus son bandage à la main.

— Dis donc, ton pouce est complètement guéri?

— Il est encore un peu sensible, mais ça va beaucoup mieux.

— Tu t'étais blessé? demande Annabelle.

Je réponds à la place de Zaq.

— Oui, il s'était blessé en essayant de sauver un chat.

Je fais un clin d'œil à Zacharie et j'enchaîne en m'informant:

— Qu'est-ce qui te motive comme ça? Tu t'attends à avoir quoi?

— Pas sûr… Mais ce que je sais, c'est que mon père doit se sentir coupable que j'aie découvert son autre secret de famille avant qu'il n'ait le temps de me le confier lui-même. Il tentera certainement de compenser avec un gros cadeau, termine-t-il en serrant les poings et en regardant vers le ciel en signe victorieux.

— Ah! Ce que tu peux être superficiel parfois, Quintal. Qu'est-ce que tu as demandé? Une voiture? dis-je à la blague.

— Quand même pas, mais tu n'es pas loin. J'ai demandé… (il marque une pause pour me faire languir) un scooter!

— Un scooter? Mais pour quoi faire?

— Pour aller à l'école!

— Mais on y va déjà à vélo. On habite à moins d'un kilomètre de l'école.

— Ce n'est pas grave. J'irai quand même en scooter. Et je pourrai aller voir mes amis à l'autre bout de la ville.

— Tu as des amis à l'autre bout de la ville? Qui ça?

Il ne répond pas à ma question. Probablement parce qu'il n'a aucun ami à l'autre bout de la ville.

— Je m'en servirai aussi pour aller travailler!

— Travailler? Tu ne sautes pas des étapes un peu? Il ne faut pas quatorze ans pour se promener en scooter, d'ailleurs?

— Oui, Vanille. Je te confirme que c'est l'âge légal, intervient Annabelle. Je le sais parce que mes parents ont l'intention de m'en procurer un lorsque j'aurai l'âge. Disons qu'à Val-d'Or, ça peut être vraiment pratique. On n'a pas de système de métro pour nous promener partout en ville.

— Je crois que tu ferais mieux d'oublier ça, Zaq. Un, tu n'as même pas l'âge d'avoir un scooter, alors il serait pas mal surprenant que ton père t'en achète un pour décorer son garage. Deux, je pense qu'on l'aurait remarqué si ton père avait traîné un scooter avec lui dans l'auto jusqu'ici!

— Ouin… J'ai aussi demandé des bandes dessinées très rares… et une planche à neige.

— Toi, tu as demandé quoi, Vanille? me questionne Annabelle.

— Je ne demande jamais de cadeau. Mes parents et moi, on se laisse toujours le loisir d'offrir des surprises. Et toi?

— C'est une bonne idée! J'ai demandé un chien, mais je sais que c'est hors de question. On part trop souvent de Val-d'Or pour pouvoir adopter un chien qui ne pourra pas rester seul quelques jours à la maison. J'ai l'impression que mes parents vont me donner une machine à coudre. J'ai commencé des cours de couture et j'y prends vraiment goût.

Annabelle et moi embarquons à l'intérieur de la voiture qui est presque toute déneigée maintenant. Le problème, c'est que de nouveaux flocons remplacent aussitôt ceux tout juste chassés par Zaq. La neige folle semble vouloir se transformer en tempête. Nos parents devraient se dépêcher un peu ou il nous faudra recommencer l'opération déneigement à zéro.

Bernard et Mila nous rejoignent enfin. Oscar monte dans le véhicule de Karina et Damien. Le trajet vers la maison de la tante de Zaq me paraît beaucoup plus long qu'à l'aller, étant donné que nous roulons vraiment lentement, puisque les routes ne sont pas encore déblayées.

16

Pas de cadeaux sans surprise

En arrivant à la maison, Damien allume un feu dans le foyer, tandis que Karina et Bernard sortent le buffet qu'ils ont préparé pendant l'après-midi. C'est donc en mangeant des sandwichs sans croûte et des petits pains gombo que nous commençons à déballer les cadeaux.

Je suis un peu nostalgique de l'époque où quelqu'un se déguisait en père Noël, mais comme nous sommes tous grands maintenant, la tradition a été abandonnée. Béatrice a encore cette chance de pouvoir vivre le côté féerique de Noël, puisqu'elle est l'aînée d'une famille de quatre enfants. Depuis quelques années, c'est elle qui mange les biscuits que son frère et ses sœurs laissent pour le livreur de cadeaux. Je l'ai longtemps enviée, mais je dois avouer que cette année mon Noël se rapproche un peu plus de ceux que j'aspirais à connaître, entourée de plein de monde. Mes réveillons ont souvent été tranquilles, alors que j'étais seule avec Oscar et Mila ou encore avec papa. On passait quand même du bon temps, dans ce contexte plus intime, à partager généralement une fondue chinoise suivie d'une fondue au chocolat. Miam!

Zaq déballe son cadeau qui, au premier coup d'œil, n'est ni un scooter ni une planche à neige. Pour la BD, on peut encore garder espoir, mais vu la grandeur, j'ai des doutes. C'est finalement une carte-cadeau pour son magasin préféré. Il semble bien content.

La tournée continue : grand-papa reçoit un livre avec des images magnifiques du Chili. Il pourra le parcourir lorsqu'il aura le blues de son pays natal. Annabelle avait vu juste et s'empresse de lire les instructions de sa nouvelle machine à coudre. Maman reçoit un joli bracelet de Bernard, et ce dernier devient le propriétaire d'une gigantesque toile d'au moins un mètre carré peinte par sa belle-sœur. Elle est renversante. Renversante est le moins que l'on puisse dire, puisque Bernard la déplace dans tous les sens, ne sachant pas au juste où se trouvent le haut et le bas. Le mélange des couleurs est particulièrement réussi, mais je doute que ce soit le style de Bernard. Je me demande s'il l'installera sur le mur chez lui. La bonne nouvelle, c'est que, comme il sera sans maison pour un certain temps, ça lui donnera une excuse pour ne pas exposer le tableau s'il ne l'aime pas.

Et moi ? Je me retrouve avec deux cadeaux aussi inattendus que surprenants. Je suis sous le choc lorsque j'ouvre la boîte contenant le cadeau offert par mes deux parents et Oscar : un cellulaire. Non seulement je ne m'y attendais pas, mais je n'avais même jamais osé demander ou espérer en recevoir un. Je suis folle comme un balai. Je saute au cou de ma mère et ensuite à celui de mon grand-père

— J'avoue avoir été difficile à convaincre. J'aurais préféré t'offrir un livre ou un objet ancien, et surtout pas un bidule électronique. Mais bon, j'essaie d'être de mon temps un peu, et ta mère a été très persuasive, me confie Oscar.

— C'est avant tout par souci de sécurité, Vanille, pour que tu puisses facilement nous joindre, explique Mila.

Je m'oblige à mettre mon nouveau gadget de côté quelques secondes, question d'ouvrir le cadeau de Zacharie. Je suis vraiment intriguée. Je me demande ce qu'il a bien pu m'acheter. C'est même étrange qu'il ait eu cette attention. Peut-être que Bernard l'y a forcé ?

Je détache le papier collant qui referme l'emballage et déplie celui-ci avec précaution, pour me retrouver face à une boîte de papiers-mouchoirs vide. Je regarde à l'intérieur et j'y trouve… un collier fait avec des macaronis ! Je ne suis pas certaine de la réaction que je dois avoir. Je retourne le collier dans mes mains. Il est identique à ceux que j'ai plusieurs fois offerts à ma mère, enfant. Ils sont nombreux, les colliers de pâtes peinturés avec de la gouache qu'elle a reçus. Je jette un coup d'œil à Zaq, qui me dévisage d'un air railleur.

— J'ai choisi des couleurs qui font «fille», me dit-il. J'espère que tu l'aimes. Ça m'a pris des heures pour le confectionner. Tu veux que je t'aide à le mettre?

OK, j'en suis certaine, il me niaise. Mais je dois admettre que son idée est plutôt amusante. Je glisse le collier dans mon cou et me sens soudainement beaucoup plus à l'aise avec mon propre cadeau. Mes doutes viennent de s'estomper. Je me lève donc du divan et m'empare de la boîte rouge qui est restée sous le sapin. Zacharie semble aussi surpris que je l'ai été de voir que j'ai un cadeau pour lui.

Sans plus de cérémonie, il déchire le papier rouge et découvre avec stupéfaction et amusement une canette de peinture en aérosol. Sur la canette, j'ai inscrit: «Pour que ZAQ redevienne un héros!» Je ne m'attends pas vraiment à ce qu'il l'utilise pour corriger le graffiti sur le mur de l'école, mais la blague est comique. Zaq me trouve assez drôle et il s'empresse de cacher son cadeau avant que nos parents se mettent à poser trop de questions. Ils essaient de décoder la symbolique derrière ce présent plutôt inusité, mais nous demeurons vagues et Annabelle vient à notre secours en arrivant avec la bûche en crème glacée.

Après le dessert, j'envoie des messages à partir de mon téléphone à toutes mes amies pour qu'elles puissent me texter. Zaq partage aussi ses contacts avec moi. Je prends ensuite quelques secondes pour appeler mon père. Je veux lui souhaiter joyeux Noël et le remercier pour son cadeau. Comme je n'obtiens pas de réponse à la maison, je le joins sur son cellulaire. Il répond seulement à la septième sonnerie.

— Salut, ma chérie! Je suis heureux d'entendre ta voix. Tu passes un beau Noël?

— Oui, vraiment! Merci, papounet, pour le cadeau. Je suis tellement contente! On va pouvoir se texter maintenant.

— Certainement! Par contre, il vient avec des consignes strictes à respecter. Il est interdit de l'utiliser au moment des repas. À table, on discute avec les gens à côté de nous et pas avec des amis virtuels. Il n'est pas question non plus que tu passes tes journées là-dessus…

— Ne t'inquiète pas, papa. J'en ferai un bon usage. Et toi, ça va? Tu ne t'ennuies pas trop, seul en ville?

— Ne t'en fais pas pour moi, Vanille. Je suis un grand garçon. Et si ça peut te rassurer, je ne suis pas seul.

— T'es avec Martin? que je lui demande en faisant allusion à son meilleur ami.

— Non, je ne suis pas avec Martin. Je suis avec une copine que tu ne connais pas encore. Elle s'appelle Amélie, termine-t-il dans une hésitation.

Amélie? Quelque chose me dit que je vais devoir encore une fois accepter d'autres petits changements dans ma vie…

⓱

Nuit blanche

Au beau milieu de la nuit, plus précisément à trois heures cinq du matin, un son de clochette provenant de mon cellulaire me réveille. Qui peut bien me texter à cette heure ? J'étire mon bras, mais, dans une vaine tentative d'agripper mon téléphone, je le fais glisser du bureau et il tombe sur le sol dans un bruit sourd. Trois autres tintements se font ensuite entendre avant que j'aie le temps de couper le son et de mettre l'appareil en mode vibration.

Annabelle, qui dort juste à côté de moi, est réveillée par le bruit.

— Qu'est-ce qui se passe, Vanille ?

— Je suis désolée, Annabelle. Essaie de te rendormir.

— C'est Zaq qui t'écrit ?

— Non, c'est Roxanne. C'est une fille qui est dans ma classe.

— Qu'est-ce qu'elle te veut à cette heure-ci ?

— Elle me demande si je dors. Elle me dit qu'elle fait de l'insomnie.

— Elle fait de l'insomnie et donc elle te réveille aussi ? Charmant ! C'est ta meilleure amie ?

— Non, ma *best*, c'est Béatrice. Ma relation avec Roxanne est relativement nouvelle. On ne se parlait pas vraiment au début de l'année. Elle s'intéresse surtout à moi depuis que je suis devenue la demi-sœur de Zacharie-Alexandre.

Je lui raconte ma discussion avec Roxanne concernant le fait qu'elle m'a dit que ce serait de l'inceste si nous sortions ensemble, Zaq et moi.

— Ben voyons donc ! C'est complètement absurde ! Elle doit t'avoir lancé ça par jalousie. Mais entre toi et moi, est-ce que Zaq t'intéresse ?

— Zaq ? Non, vraiment pas ! Quelle idée !

La conversation dévie un peu sur ma relation avec Zaq, et je raconte à Annabelle nos déboires de sixième année et toutes nos mésaventures depuis le début du secondaire. Elle n'en revient juste pas.

— On dirait un film, Vanille !

Nous rigolons jusqu'à ce que Karina se pointe le nez dans la porte de la chambre.

— Je suis contente de voir que vous vous entendez aussi bien, les filles, mais pensez-vous que vous pourriez terminer votre conversation demain matin ? Plusieurs d'entre nous aimerions dormir.

Un petit rire de culpabilité nous échappe lorsqu'elle repart dans le couloir, mais nous faisons un effort pour essayer de nous rendormir. Dommage qu'Annabelle habite si loin. Je l'aime bien ! J'espère que nous pourrons rester en contact après mon retour chez moi.

Elle me montre comment mettre mon appareil en mode « Ne pas déranger », question que les problèmes de sommeil de Roxanne ne nuisent pas à nouveau au nôtre.

J'ai du mal à fermer l'œil malgré tout. Je pense à toutes sortes de choses : à mes nouveaux amis, Annabelle, Samuel et Roxanne. Je pense à ce beau Noël que j'ai vécu avec ma nouvelle famille agrandie. Je pense aussi au cadeau de Zaq, son collier de nouilles. Je sais bien que c'était une blague, mais il a quand même pris le temps de le confectionner. Je l'imagine en train d'enfiler un à un les macaronis non cuits sur une ficelle. Mieux, je l'imagine en train de les peinturer. C'est surréaliste. Je pense au baiser que lui a donné Roxanne. Est-ce que ça lui a plu ? Je me demande si une fille l'avait déjà embrassé avant…

Enfin, mes pensées se figent sur cette Amélie dont mon père m'a parlé. Serait-elle sa nouvelle amoureuse? Papa a eu quelques petites amies depuis qu'il est séparé de maman, mais j'ai rencontré peu d'entre elles. Quelque chose me dit que c'est plus sérieux avec Amélie. Et si jamais elle a des enfants? Je ne serai plus nulle part en paix. Je me rendors seulement au petit matin, ce qui explique qu'il est presque midi lorsque j'ouvre à nouveau les yeux.

18

Annabelle fois deux

C'est notre dernier jour à Val-d'Or aujourd'hui. Nous prenons un ultime déjeuner tous ensemble et commençons ensuite à rassembler nos effets personnels qui, en près d'une semaine, ont eu le temps de s'éparpiller un peu partout dans la maison. Par la fenêtre, j'observe Bernard qui a du mal à faire entrer la toile de Karina dans la voiture. Il perd patience et sur ses lèvres se dessinent des jurons. Je parierais que, si ce n'était que de lui, il l'abandonnerait dans le banc de neige!

— Viens t'asseoir avec moi, Zaq. Avant que tu partes, j'aimerais prendre le temps de te montrer quelques photos de ta mère et de toi lorsque tu étais petit.

Nous nous approchons de Karina, Zacharie et moi, et prenons place l'un et l'autre de chaque côté d'elle. Elle nous montre en premier lieu un album où sont rangées plusieurs photos de Sarah à l'âge adulte.

Bébé Zacharie-Alexandre figure aussi sur de nombreux clichés. Le second album se concentre sur l'enfance de Sarah. Nous sommes particulièrement enthousiastes en découvrant la mère de Zaq alors qu'elle était enfant. Nous nous amusons aussi à rire des vêtements des années 1970. Une photo de Karina, à l'âge de six ou sept ans, nous fait spécialement rigoler : elle ressemble a un petit garçon avec ses cheveux courts en champignon, son pantalon brun à carreaux et son chandail à col roulé orange.

Si nous croyions nous amuser des années 1970, nous n'avions encore rien vu. Les années 1980 sont hilarantes. Nous nous moquons sans aucune gêne des cheveux crêpés et pleins de fixatif de Karina et de Sarah dans leur robe de bal de finissants. Quelle horreur ! Impossible que cette mode revienne un jour.

— Tu crois que nos enfants riront de nos vêtements et de nos cheveux lorsqu'ils regarderont nos photos plus tard, Zaq ?

— Probablement !

— J'avoue que je peux déjà moi-même imaginer certaines moqueries sur les tendances actuelles. Chez les gars, je pense à la mode des pantalons trop grands retenus par une ceinture basse. Et pour les filles, on rira sûrement du fait que certaines roulent leur jupe d'uniforme à la taille pour qu'elle soit plus courte.

— La mode des tuques portées à l'intérieur aussi ! C'est clair qu'on va rire de ça dans le futur, ajoute Zaq.

— Allez, la gang, annonce Bernard qui secoue la neige de ses bottes en entrant dans la maison. Il nous faut partir maintenant, si l'on veut être chez nous pour le souper.

— Ça y est ? Tout est dans la voiture ? lui demande ma mère.

— Oui, ma chère dame. Il ne manque plus que nos trois enfants.

Mon grand-père rigole en devinant que le troisième enfant est nul autre que lui.

— Bon, allez-y, les jeunes. Je vous en montrerai plus une autre fois, se résigne Karina.

Je referme l'album un peu à contrecœur. Je m'amusais bien. Karina me le prend des mains et s'apprête à le ranger.

— Attends ! Je peux voir quelque chose un instant ?

Elle me redonne l'album que j'ouvre au milieu, à peu près là où nous étions rendus. Je recule de quelques pages et trouve ce que je cherchais. C'est bien ce que je pensais. Ce n'est pas mon imagination qui me joue des tours. C'est bien Annabelle qui est sur la photo avec Sarah enfant.

Non pas Annabelle la cousine asiatique, mais plu-tôt Annabelle la poupée ancienne.

— Tu as vu ça, Zaq? C'est Annabelle!

— Il y a une photo de moi? s'enquiert Annabelle en s'approchant, curieuse.

— Non, je parle d'une poupée. C'est une longue histoire. Zaq et moi avons trouvé une pou-pée ayant appartenu à Sarah. Annabelle est le nom que je lui avais donné, mais ça n'a rien à voir avec toi. C'est un simple hasard.

Je résume à ma copine et à ses parents le contexte dans lequel j'ai trouvé la poupée dans une vente de garage et comment j'ai réalisé qu'elle avait appartenu à la mère de Zacharie-Alexandre.

— C'est vraiment toute une histoire, Vanille! s'exclame Karina. Et où est la poupée à présent?

— Elle est dans la boutique d'antiquités de mon grand-père. Nous l'avons entreposée pour éviter qu'elle ne s'abîme. Oscar a découvert qu'elle a plus d'une centaine d'années. On doit donc la protéger. Il a déjà eu à la réparer une fois et on ne voudrait pas que ça se reproduise.

— En plus, s'enthousiasme Zaq, Oscar a fait des recherches et elle vaudrait autour de dix mille dollars!

— Dix mille dollars pour une poupée? Mais ça n'a aucun sens! s'exclame Damien.

— C'est une antiquité, explique mon grand-père. C'est une vraie poupée française de la fabrique Jumeau, créée à Paris à la fin des années 1800. Elle a en principe une valeur de revente frôlant les dix mille dollars, mais il est bien sûr hors de question que nous la vendions. Cette poupée est un souvenir auquel Zacharie-Alexandre tient beaucoup.

— Je ne me rappelle pas que Sarah ait eu une telle poupée. Tu me montres la photo, Vanille? demande Karina.

Je lui tends l'album, qu'elle observe un moment sans faire de commentaire. Puis elle dit:

— C'est une jolie poupée. Par contre, la fillette qui l'a dans les mains n'est pas ta mère, Zaq. C'était bien avant elle. Cette enfant sur la photo, c'est ton arrière-grand-mère.

Maintenant que Karina le précise, je réalise que la photo est effectivement beaucoup plus vieille que les autres, et en noir et blanc. La jolie robe que porte la fillette date elle aussi d'une autre époque. Elle ressemble drôlement à la robe de sa poupée, d'ailleurs.

— Alors, Oscar, cette poupée serait une poupée française? Elle aurait traversé l'Atlantique pour arriver jusqu'ici? interroge Damien.

— Oui, nécessairement. Cette poupée a pris le bateau au moins une fois dans sa vie. À moins qu'elle n'ait pris l'avion; c'est possible, mais les vols commerciaux entre l'Europe et l'Amérique du Nord ont commencé seulement à la toute fin des années 1920.

Bernard et ma mère, qui viennent de faire un dernier tour de la maison pour s'assurer que nous n'avons rien oublié, reviennent au salon.

— Bon, on doit vraiment y aller! s'impatiente Bernard.

Tout le monde s'embrasse et se dit au revoir. Je quitte ma nouvelle copine en lui promettant que nous nous donnerons régulièrement des nouvelles. Karina semble intriguée par l'histoire de la poupée Annabelle. Elle s'engage à effectuer des recherches de son côté et à nous tenir informés si elle découvre quoi que ce soit. Elle a l'air d'avoir sa petite idée en tête.

19

Boîte de Pandore

Je crois que c'est le cinquantième texto que Roxanne m'envoie depuis ce matin… Et il n'est pas encore neuf heures! J'en viens à penser que mon cadeau est une boîte de Pandore. Ce que j'ai d'abord pris pour un outil de communication moderne et un jouet de grand se transforme peu à peu en source de problème. Roxanne me contrôle à distance et cherche à être en contact avec moi chaque seconde de ma vie. «Que fais-tu, Vanille? Tu es avec Zaq? Peux-tu m'envoyer une photo de lui? Qu'est-ce qu'il fait? Est-ce qu'il parle de moi? Demande-lui s'il pense à moi. Il est habillé comment aujourd'hui?»

Non mais, ça commence à drôlement ressembler à de la dépendance affective. Ce n'est pas mêlant, j'ai hâte qu'on arrive dans le parc de La Vérendrye. Là, au moins, les textos ne rentrent pas. Je vais être tranquille!

Il me vient alors une idée. Une idée pas très géniale en y repensant. Je décide d'envoyer à Roxanne la photo de Zaq endormi la bouche ouverte dans l'auto. Celle que j'ai prise en venant à Val-d'Or, que je me suis envoyée par courriel et que j'ai récupérée sur mon cellulaire. Ce n'est pas vraiment pour agacer Quintal, mais plus pour faire taire Roxanne. Une partie de moi a l'impression qu'elle perdra peut-être un peu d'intérêt pour lui si elle le voit au naturel. Il faut qu'elle arrête de l'idéaliser.

À peine quelques secondes après lui avoir fait suivre la photo, c'est Zaq qui reçoit un texto de Roxanne. Il se retourne aussitôt vers moi, en panique.

— Roxanne me parle d'une photo. C'est quoi exactement, cette photo de moi que tu lui as envoyée?

OUPS!

J'hésite à la lui montrer et c'est à cet instant que je commence à regretter mon geste. Zacharie ne me laisse pas réfléchir et m'enlève mon appareil des mains pour consulter mes messages les plus récents.

— Tu n'es pas sérieuse! Tu prends des photos de moi pendant que je dors! Tu ne lui as pas envoyé ça pour vrai?!

Je récupère mon bien sans le lui demander et trouve enfin une porte de sortie pour minimiser mes intentions.

— Je n'ai pas fait ça pour t'agacer, Zaq. Je voulais simplement t'aider. Roxanne devient réellement dépendante de toi. J'ai pensé que ça l'aiderait de te voir sous ton vrai jour. Il faut qu'elle arrête de t'imaginer en superhéros. Et puis, je me suis dit que ça te ferait plaisir qu'elle décroche un peu et qu'elle soit moins harcelante. Ce n'est pas ce que tu veux ? Au fond, j'essayais juste de t'aider.

Je suis pas mal fière de ma réplique.

— Juste m'aider, hein ? OK, eh bien dans ce cas, j'essaierai de te rendre la pareille très bientôt. Je vais trouver une manière de « t'aider », moi aussi…

Le ton sur lequel il me parle est de mauvais augure. Je vais devoir surveiller mes arrières.

— Sois bon joueur, Zaq. Cette photo n'a rien de dramatique et je l'ai seulement fait suivre à Roxanne. Je ne l'ai pas partagée sur Facebook.

Comme si c'était une réponse à mon commentaire, le téléphone de Zaq vibre pour lui annoncer qu'il a un nouveau message. Il y jette un coup d'œil et me dévisage, d'abord furieux, puis découragé. Il me tend son cellulaire pour que je prenne connaissance de la situation par moi-même. Roxanne a mis la photo sur Facebook et l'a même partagée sur la page de Zacharie. «Il est mignon, mon *chum*, n'est-ce pas?» peut-on lire au-dessus de la photo.

— Trouvez l'erreur! lâche mon compagnon de route. Premièrement, on ne met pas sur Facebook une photo de quelqu'un qui dort la bouche ouverte! Deuxièmement, on n'écrit pas à ses deux cents amis Facebook que le gars est notre *chum* avant d'être sûre que le gars en question est au courant!

Zaq est hors de lui et j'ai l'impression que, si l'on arrêtait l'auto, il partirait à la course dans la forêt.

J'essaie de tourner la situation à la blague pour dédramatiser un peu.

— En fait, pour être précis, elle a cinq cent quatre-vingt-dix-sept amis... Mais si ça peut te consoler, c'est vrai que tu es mignon quand même... presque émouvant. Même que, si on regarde de très près, je pense qu'on peut apercevoir un petit filet de bave qui coule sur le bord de ta bouche. Ah, bien oui. C'est exactement ça! dis-je, victorieuse. Mais ça te rend encore plus attendrissant.

Zaq ne dérougit pas et mon intervention ne fait qu'en rajouter. Il reprend son téléphone d'un

geste brusque et le range dans sa poche. Ironique-
ment, il s'enfouit la tête contre son oreiller et tente
de faire une sieste. Il ne manque pas de me mena-
cer, par contre :

— Si tu me photographies une seule autre
fois, je te fais manger mon oreiller !

Je prends sa recommandation au sérieux.
Avoir su que Roxanne ferait suivre la photo, je ne
la lui aurais pas envoyée. Elle manque vraiment de
jugement, cette fille.

20

La vengeance est un plat qui se mange froid

Retour en classe ce matin. J'ai du mal à reprendre le rythme de l'horaire d'école. J'ai appuyé sur *snooze* trois fois au moins et j'ai l'impression d'avoir encore l'empreinte de mon oreiller sur le visage.

— Ouf! Tu n'as pas l'air en forme aujourd'hui. C'est à cause de Monsieur Lapinot? me demande Béatrice qui me rejoint à mon casier.

— Monsieur Lapinot? Pourquoi tu me parles de lui?

Une voix s'élève tandis qu'un élève que je ne connais pas passe tout près de moi:

— Comment va Monsieur Lapinot ce matin?

Il ricane en continuant son chemin.

— Eh, Vanille ! me lance un autre élève. Tu souhaiteras bonne fête à Monsieur Lapinot de ma part. Lui as-tu préparé un gâteau ?

J'agrippe ma copine par le bras et l'entraîne un peu en retrait entre deux rangées de casiers.

— OK ! Qu'est-ce qui se passe ? C'est quoi l'affaire avec Monsieur Lapinot ? Comment se fait-il que tout le monde me parle de lui ? Même des gars que je ne connais pas. Comment se fait-il que tout le monde semble connaître son existence ?

— Donc tu ne l'as pas vu ? se contente de répondre Béatrice en se mordant la lèvre inférieure.

— Vu quoi ?

Elle cherche quelques secondes dans son téléphone et me montre mon propre statut Facebook, celui que je ne mets que très rarement à jour. Je peux y lire : « Bonne fête à Monsieur Lapinot, mon meilleur ami. Il y a treize ans aujourd'hui que tu es dans ma vie. Qu'est-ce que je ferais sans toi ? *You're the best !* Vanille xx » Le tout est secondé d'une photo de mon lapin en peluche assez abîmé pour rendre crédible son âge avancé. Treize ans, c'est très vieux pour un toutou.

La honte ! Comment est-ce possible ? Qui a bien pu faire ça ? Il faudrait que quelqu'un se soit introduit dans mon compte avec mon mot de passe. Impossible ! Impossible ? À moins que cette personne ne partage ma maison et ma chambre… À moins que cette personne fasse ses travaux scolaires directement à côté de mon ordinateur portable et que j'aie oublié de me déconnecter ?

Ce n'est pas vrai ! Il ne peut pas avoir osé… C'est la vengeance de Zacharie-Alexandre Quintal. Il n'a pas perdu de temps.

— Qu'est-ce que je vais faire, Béa ?

— On va commencer par arrêter l'hémorragie en effaçant ces niaiseries de ta page, dit-elle. Ensuite, tu changeras ton mot de passe et, à l'avenir, prends l'habitude de te déconnecter lorsque tu quittes ton ordi !

« Un moment d'attention, s'il vous plaît ! Les élèves suivants sont demandés au bureau de la direction : Zacharie-Alexandre Quintal et Vanille Painchaud. Je répète, Zacharie-Alexandre Quintal et Vanille Painchaud sont demandés dans le bureau de la directrice », crache dans toute l'école le puissant haut-parleur.

— Pourquoi Frisette voudrait-elle te voir ? s'enquiert Béatrice, intriguée.

— Peut-être que l'anniversaire de Monsieur Lapinot est venu jusqu'à ses oreilles et qu'elle nous fait venir tous les deux pour que Zaq m'adresse ses excuses ?

C'est la tête haute que je me présente dans le bureau de Ginette Fisette. Pour une fois, je ne serai pas la méchante. J'ai bien hâte de connaître la conséquence qu'elle imposera à Quintal.

— Mademoiselle Painchaud, allez vous asseoir dans mon bureau. Nous allons discuter un peu. Mettons les choses au clair tout de suite, question d'entamer la nouvelle année du bon pied.

J'entre dans son bureau sans comprendre ce à quoi elle fait allusion. Je pensais qu'elle me convoquait pour que Zacharie me fasse des excuses, mais son ton me laisse croire que ce n'est pas exactement ce qui se passe.

Zaq arrive à son tour, nonchalant comme toujours. Il me lance une œillade l'air de dire : « Tu m'as dénoncé ? » Frisette referme la porte derrière nous.

— J'imagine que vous savez pourquoi je vous ai fait venir ici, tous les deux… commence-t-elle. Il y a des règles de conduite à l'école et elles doivent être respectées. Ce que vous avez fait est inacceptable !

— Écoutez, madame Fisette, je ne comprends pas trop bien ce qui se passe. Je suis la victime dans toute cette histoire. C'est Zaq qui a piraté ma page Facebook. C'est lui qui devrait être puni. Je ne devrais même pas être ici à moins que ce ne soit pour recevoir des excuses.

— Des excuses? Je dois rêver! enchaîne l'accusé. Ta page Facebook, c'était le juste retour du balancier. Ou encore du boomerang, si tu préfères. Lorsqu'on lance un boomerang, il s'en va loin, mais nous revient toujours dans le front. Tu l'avais cherché, Vanille. Si tu n'avais pas envoyé à Roxanne une photo de moi endormi, rien de tout ça n'aurait commencé. Tu as cherché le trouble.

— Premièrement, moi, la photo, je l'ai envoyée à une seule et unique personne. Pas à cent cinquante!

— Roxanne a partagé la mienne avec ses cinq cent quatre-vingt-dix-sept amis, alors c'est pire encore.

— Donc c'est la faute de Roxanne et c'est elle qui devrait être ici, à ma place, dans ce bureau.

— Ça suffit! Arrêtez-moi ça tout de suite, tous les deux! se fâche Frisette. Je ne comprends rien de ce que vous racontez. Je ne vous ai pas fait venir ici pour une histoire de page Facebook. J'en déduis alors qu'il y a un autre conflit dont j'aurais dû être au courant.

Zacharie et moi nous enfonçons davantage dans nos sièges. Je n'ai aucune idée de la raison pour laquelle elle voulait nous voir, mais j'ai trop parlé. Je lui ai donné la chance de se mêler d'une affaire dont elle ignorait l'existence. Zaq me regarde et en silence mime «Bra-vo!» du bout des lèvres.

— Bon, entreprend Frisette, si je comprends bien, Zaq, tu as mis une photo de Vanille sur Facebook sans qu'elle soit au courant.

— Bien, pas exactement. Je n'ai pas mis une photo de Vanille, mais une photo de Monsieur Lapinot.

— Monsieur Lapinot ? questionne la directrice, curieuse.

— C'est son lapin en peluche. Vanille l'a depuis sa naissance. C'est pour cette raison qu'il est aussi abîmé. Il a quand même treize ans derrière la cravate. C'est vieux pour un lapin en peluche, mais il n'en reste pas moins attachant.

— Venez-en aux faits, monsieur Quintal, le coupe-t-elle à la manière d'un juge.

— J'ai mis la photo de son lapin sur sa page à elle. De cette façon, tous ses amis ont pensé qu'elle l'avait mise elle-même.

— Ce n'est pas très gentil.

— Je pense qu'on accorde un peu trop d'importance à tout ça. Je n'ai pas mis une photo de Vanille en bikini. J'ai mis une photo d'un lapin toutou. On n'est pas obligés d'en faire tout un plat.

— Comment as-tu réussi à entrer dans le compte Facebook de Vanille, Zacharie ? Tu l'as piraté ?

— Pas du tout ! Elle ne se déconnecte jamais, alors c'est très facile d'avoir accès à son profil dans l'ordinateur.

— Mais vous n'avez pas le droit d'aller sur ce site à l'école.

— Pas à l'école. À la maison. Elle ne se déconnecte pas à la maison.

— Je ne suis pas sûre de te suivre, Zaq. Vous habitez ensemble, Vanille et toi ? demande-t-elle à la blague.

Comme unique réponse, nous hochons la tête tous les deux. Frisette est de plus en plus confuse.

— Je crois que je vais avoir besoin d'un café ! lance-t-elle en se levant. J'ai l'impression que nous en avons pour un certain temps.

Elle se dirige vers la machine à café, dans laquelle elle glisse une dosette. Après avoir déposé la tasse sous le bec verseur, elle se tourne vers nous, les bras croisés.

— L'un de vous deux peut-il m'expliquer le contexte de votre cohabitation ?

Nous racontons tout à Frisette : l'incendie de l'immeuble où Zaq habitait ; lui et son père qui squattent ma maison ; l'arrivée-surprise d'une tante inconnue ; le voyage à Val-d'Or, etc. Si bien qu'une bonne demi-heure s'est écoulée lorsque la conversation se termine sur :

— Vous pouvez retourner en classe, mais laissez-vous tranquilles l'un et l'autre. Compris? Et j'ose espérer ne plus vous revoir dans mon bureau pour quelques semaines…

J'ai la main sur la poignée de la porte lorsque Frisette s'exclame:

— Saperlipopette! J'allais oublier la vraie raison pour laquelle je vous ai fait venir dans mon bureau. Rasseyez-vous tout de suite. Nous en avons encore pour un bon moment, je pense…

21

Graffitis

— Si je vous ai fait venir dans mon bureau, c'est pour discuter d'un problème que j'ai depuis quelque temps. Un problème de graffitis.

— Je vous jure que ce n'est pas moi, madame Fisette. J'étais aussi surpris que vous en le voyant en arrivant à l'école l'autre matin, s'emporte Zaq, aussitôt sur la défensive.

— Comment veux-tu que je te croie, Zacharie-Alexandre? Qui d'autre aurait pu te rendre un tel hommage?

— Honnêtement, je ne sais pas trop.

— Tu admettras que la faute d'orthographe très évidente ne joue pas en ta faveur. Tout pointe dans ta direction.

— Mais qu'est-ce que c'est que ces préjugés? Tout le monde pense que je ne sais pas écrire?

— Si ce n'est pas toi, Zaq, alors c'est qui ? Tu dois bien avoir une petite idée.

— Pas du tout. Pas plus que je ne sais qui a transformé le « h » de « héros » en « z » pour faire « zéro ».

— Celui-là, je te l'accorde, il ne doit pas être de toi, et c'est pour ça que j'ai fait venir Vanille aussi.

— MOI ? C'est très insultant, ces accusations ! Ce n'est pas du tout mon genre d'écrire avec de la peinture sur le mur de l'école. Je me mets souvent les pieds dans les plats, particulièrement lorsque je croise le chemin de Zacharie-Alexandre Quintal, mais je ne suis pas une vandale !

— Qui d'autre aurait pu faire ça, alors ?

— Je n'en sais rien. Quelqu'un qui n'aime pas Zaq ? Alors là, les possibilités sont presque illimitées.

— Très drôle…, lâche celui-ci, insulté.

Si je ne sais pas qui a transformé le graffiti en sa version actuelle, je sais toutefois que Zaq n'est pas celui qui l'a créé au départ. Roxanne m'a confié l'avoir fait et, bien que je n'aie pas envie de la dénoncer à Ginette Fisette, j'ai tout de même un souci de justice qui m'amène à vouloir trouver un moyen d'innocenter Zacharie.

— Quoi qu'il en soit, madame Fisette, je ne crois pas que Zaq soit responsable du graffiti. Je crois qu'il dit la vérité cette fois-ci. Comme vous le savez, nous habitons maintenant dans la même maison et je m'en serais probablement aperçu s'il était sorti un soir. N'avez-vous pas des caméras dans la cour d'école?

— Effectivement, Vanille. J'ai d'ailleurs demandé une copie des enregistrements. Je connaîtrai la vérité d'ici quelques jours d'une manière ou d'une autre. Dans ce contexte, souhaitez-vous maintenir votre déclaration de non-culpabilité? poursuit-elle en nous regardant tour à tour droit dans les yeux.

Frisette parle décidément comme une personne de loi. Peut-être a-t-elle été policière ou avocate avant d'être directrice au secondaire? J'essaie de l'imaginer avec un uniforme de police ou encore en toge noire de juge. Tiens, j'imagine à présent la longue perruque blanche des avocats anglais. Je dois me retenir pour ne pas éclater de rire.

— Allez donc en paix, les enfants. Je tiendrai les coupables bien assez vite. On se reverra très bientôt si vous êtes concernés…

Lorsque nous retrouvons notre liberté, la première période est presque terminée. Plutôt que de retourner en classe pour si peu, nous allons nous asseoir à la cafétéria.

— Merci de m'avoir défendu, me dit Zaq.

— C'était la chose à faire.

— Tu n'avais pas à prendre ma défense sans savoir si je mens ou pas.

— Je sais que tu dis la vérité.

— Tu me fais confiance maintenant?

— Ça dépend quand. Je sais que ce n'est pas toi qui as fait le graffiti.

— Comment pourrais-tu le savoir?

J'hésite un instant et finis par avouer :

— Je sais qui l'a fait.

Il me regarde avec attention, intrigué.

— T'es sérieuse?

— Oui.

— Qui?

— Je ne parlerai qu'en présence de mon avocat !

— Non, sans blague, qui?

— Désolée, Zaq, je ne peux pas trahir la personne concernée. Par contre, je peux te dire que nous sommes innocentés aux yeux de Frisette.

— Comment ça?

— Les caméras de surveillance… elles ne fonctionnent pas.

— Comment tu le sais?

— J'ai entendu parler le concierge l'autre jour. Il était avec quelqu'un de la commission scolaire et il disait qu'il y avait un problème avec le système d'enregistrement des caméras extérieures. De toute évidence, si elles fonctionnaient, Frisette saurait déjà qui a fait le coup. Si elle ne le sait pas, c'est justement parce que les images ne sont pas disponibles.

— Je ne vois pas comment ça vient nous innocenter.

— Bien, si nous avions fait le coup, nous nous serions fort probablement dénoncés en sachant que ce n'était qu'une question de temps avant qu'elle l'apprenne. Comme nous avons maintenu notre version, elle doit forcément nous croire, non ?

— C'est logique. Tu es brillante, Vanille !

— Wow ! Je ne pensais jamais entendre un commentaire semblable de ta bouche. Mais n'essaie pas de me soudoyer : je ne te dirai pas qui est la personne qui a fait le graffiti.

22

En congé de Zaq!

Petite pause de Zaq bien méritée cette semaine : je suis de retour chez mon père. Ce changement est le bienvenu, puisque j'ai plusieurs travaux à faire et que c'est beaucoup plus calme en haut. Je m'installe à la table de la cuisine et j'étale tous mes documents. Je profite du fait que je n'ai pas à partager mon espace. Je peux m'étendre comme je le veux. Je me prépare quelques craquelins et du fromage, et je m'assieds, prête à commencer, lorsque trois petits coups sont frappés à la porte.

— Bon, qui est-ce qui ose briser la quiétude de ma maison ?

Je me lève pour ouvrir, m'attendant à voir un vendeur de chocolat ou de calendriers. Je tombe plutôt nez à nez avec Zaq.

— Qu'est-ce que tu fais là ? Tu ne peux vraiment pas te passer de moi, pas vrai ?

— Je dois te parler, se contente-t-il de répondre.

Sans que j'aie le temps de l'inviter à entrer, il retire ses bottes et son manteau. Il m'emboîte ensuite le pas jusqu'à la cuisine et prend place sur une chaise.

— Alors, c'est qui ?

— C'est qui quoi ?

— C'est qui la personne qui a fait le graffiti ?

— Ça changera quoi ? Oublie ça, Zacharie. Frisette l'a dit : le concierge va le faire effacer. Dans quelques jours, il n'y aura plus de trace de ton héroïsme. Tu redeviendras une personne normale. Du moins, aussi normale que tu puisses l'être.

— Très drôle, Vanille.

— Pas drôle, brillante ! dis-je pour rire en rappel à son commentaire de la veille.

— Je sens que je vais en entendre parler longtemps, de celle-là…, laisse-t-il tomber, vaincu, en attrapant un des morceaux de fromage de ma collation.

— Pourquoi tu veux tellement savoir ?

— Juste par curiosité. Et toi, pourquoi tu ne veux pas dire qui c'est ?

— C'est une question de loyauté. Je n'ai pas envie de dévoiler le secret que quelqu'un m'a confié.

— C'est donc Roxanne !

— Pourquoi tu dis ça ?

J'ai si peur de rougir et que ça vienne lui confirmer qu'il s'agit d'elle que je commence à regarder dans toutes les directions. Mon malaise est palpable. Je suis certaine que Zaq devine qu'il a vu juste.

— Oui, c'est elle ! Ça paraît ! Je le savais ! lance-t-il très fort en se frappant la cuisse.

— Rien ne prouve que c'est elle, Zaq. Pourquoi tu crois ça ?

— Les possibilités ne sont pas immenses. Qui pourrait t'avoir confié un tel secret ? Béatrice ? Je doute qu'elle s'intéresse à moi ou qu'elle me considère comme un héros. Surtout pas maintenant qu'elle sort avec son vieux de 4e. Il reste Roxanne et Samuel. Et je ne pense pas que Samuel soit un de mes fervents admirateurs. À la limite, c'est peut-être lui qui a mis le « z ». Par contre, je le vois mal en train d'écrire que je suis son héros en lettres géantes sur le mur de l'école. Oui, il est bizarre, mais il y a des limites !

— D'accord ! Je te confirme que c'est Roxanne la responsable du graffiti. Elle cherchait à t'impressionner, mais finalement, elle craignait tellement de se faire prendre qu'elle n'a pas osé te l'avouer. Évite de la dénoncer, OK?

— Pourquoi je dénoncerais quelqu'un qui me fait de la belle publicité gratuite? C'est plutôt l'autre que j'ai envie de trouver : le jaloux qui a transformé mon «h» en «z».

— Tu as une idée?

— Quelques hypothèses, mais rien de sérieux. Je pensais aux prétendants qui tournent autour de Roxanne.

— Ils sont si nombreux?

— Il y a Miko, qui l'aime depuis la maternelle. L'autre aussi, le grand Jim. Il me semble que ce serait son genre. Son père ne travaille pas dans la construction, d'ailleurs? Il doit avoir facilement accès à des canettes de peinture. J'ai plusieurs suspects, mentionne-t-il en sortant de la poche de son pantalon une liste de noms. J'en compte une dizaine.

— Tu prends vraiment ça au sérieux, Zaq. On pourrait bien passer la soirée à spéculer sur tous les coupables potentiels, mais on perdrait notre temps. N'importe qui peut se procurer une canette de peinture dans une quincaillerie. Je le sais, je l'ai fait. La vérité, c'est qu'il n'y a pas de drame et que ce n'est pas si important de savoir qui est le coupable. J'ai une foule de devoirs à faire et je dois maintenant me concentrer. Allez, ouste en bas ! C'est mon jour de congé de toi, lui dis-je pour le taquiner. Et non seulement tu m'empêches de travailler, mais en plus tu as mangé la moitié de ma collation !

— Bon, bon, bon. Compris. Je retourne dans mon secteur. Mais penses-y, Vanille. Essaie de te rappeler : as-tu croisé quelqu'un qui te semblait louche ces dernières semaines ?

— Dehors, Zaq !

Il fait mine d'être apeuré et se sauve à l'extérieur. Je retourne à mes devoirs. J'ai du mal à me concentrer. Pas parce que je suis dérangée par Zaq, mais parce que j'ai de la difficulté à chasser ce petit sourire qu'il a laissé sur mon visage. On s'amuse bien par moments, Zaq et moi.

23

Des réponses
et des questions

— Vanille, je dois absolument te parler.

Je détourne les yeux de mon écran d'ordinateur pour voir qui est là. Roxanne se tient debout derrière moi. Elle a l'air désemparée. En temps normal, je l'aurais aidée avec plaisir, mais présentement je suis avec Samuel, à la bibliothèque de l'école, et nous sommes en train de travailler sur notre projet concernant le naufrage de l'*Empress of Ireland*. La première étape du travail est à remettre demain.

— Est-ce qu'on peut se voir un peu plus tard dans la journée, Roxanne? Samuel et moi devons à tout prix terminer notre recherche. Qu'est-ce qui se passe?

— C'est Zaq. Je crois qu'il ne m'aime plus. Il m'a dit qu'il avait besoin d'un peu d'air. Il aimerait qu'on se voie moins. Il dit qu'il veut être plus souvent avec ses amis…

«CHUT!» nous fait la responsable de la bibliothèque en pointant du doigt l'énorme affiche sur laquelle nous pouvons lire: «À la bibliothèque, je travaille en silence!»

Roxanne a les yeux humides et semble sur le point de se mettre à pleurer.

— Ne prends pas ça comme ça, Roxy. Zaq a été pas mal occupé avec le voyage à Val-d'Or et la rencontre avec sa nouvelle tante. Il vit beaucoup d'émotions avec toutes les découvertes qu'il a faites à propos de sa mère…

— Tu crois que c'est seulement ça?

— Je ne sais pas, Roxanne. Mais dans tous les cas, je crois que tu devrais lui laisser un peu d'air. Profites-en pour faire des choses pour toi. Il me semble que tu étais très impliquée dans l'équipe de *cheerleading*, je me trompe?

— Non, tu as raison. Sauf que j'ai cessé d'y aller après l'école pour passer du temps avec Zaq.

Samuel lève les yeux au ciel.

— C'est la pire chose à faire: arrêter de faire ce que tu aimes pour passer tout ton temps avec l'autre. Il faut que tu conserves tes passions et que tu continues de voir tes amis aussi. Lorsque Zaq ne sera plus là, tes amis seront encore là pour toi. Et si tu te mets à arrêter de faire tout ce que tu aimes et à ne plus être qui tu es, il perdra certainement de l'intérêt pour toi. Quand on est amoureux de quelqu'un, c'est pour qui il est. S'il change pour nous, ça le rend nécessairement moins intéressant.

— Wow, Samuel! Tu en connais un lot sur l'amour. Où as-tu appris tout ça? Ça semble très sage comme façon de voir les choses. Tu dois avoir beaucoup d'expérience dans le domaine, lui dis-je, impressionnée par la sagesse de sa réponse.

— Pas vraiment. J'observe, c'est tout. J'ai tendance à croire que l'humain est moins complexe qu'il en a l'air.

— Tu devrais étudier en psychologie.

— J'y songe.

« CHUT! » La bibliothécaire nous fait de nouveau de gros yeux, tout en pointant encore une fois l'écriteau.

— Je vais penser à tout ça, Vanille. Je peux aller chez toi après l'école?

— Euh… oui. D'accord.

Roxanne quitte enfin la bibliothèque, aussi piteuse que lorsqu'elle y est entrée.

— Ce ne sera pas facile de lui remonter le moral, constate Samuel.

— Je pense que tu as raison…

— Honnêtement, je ne vois pas trop ce qu'elle trouve à Zacharie-Alexandre. Il cherche constamment à avoir l'attention sur lui.

— Tu trouves ? Il n'est pas si pire. Je crois qu'il se retrouve souvent avec l'attention sur lui, mais sans que ce soit ce qu'il souhaite réellement. Un peu comme moi…

— Justement, j'ai l'impression que c'est généralement sa faute à lui lorsque les projecteurs sont sur toi. Il attire les problèmes, ce gars-là.

— Il n'a pas eu une vie facile…

— Je rêve ou tu es en train de défendre Quintal ? lâche Sam dans un petit rire nerveux.

Je lui fais signe de baisser le ton et je jette un regard en coin en direction de la bibliothécaire. Je m'aperçois qu'elle est occupée avec un élève et qu'elle semble nous avoir oubliés.

— Non ! Bien oui ! Bien… je veux dire oui, je le défends, mais ce n'est pas ce que tu penses…, lui dis-je en chuchotant.

Je cherche mes mots et tout sort de ma bouche de manière décousue.

— Je ne pense rien, Vanille. Sinon que tu défends Quintal.

— Je le défends comme un ami. Comme un demi-frère, même.

— C'est tout ?

— Qu'est-ce que tu veux dire ?

— Il n'y aurait pas plus entre toi et Quintal ? Peut-être que tout le temps que vous passez maintenant ensemble vous a amenés à vous connaître un peu mieux…

— Tu insinues quoi exactement ?

— Je pense que tu ne vois pas Zaq comme un frère et que ton intérêt pour lui dépasse largement celui qu'on a pour un simple ami.

VLAN ! C'est dit. Il attend ma réaction pour vérifier s'il a vu juste. Il me fixe si intensément qu'il me donne l'impression d'être en train d'essayer de lire dans ma tête.

J'ai chaud et je ne sais tout simplement pas quoi lui répondre. Est-ce qu'il dit vrai ? Est-ce que j'ai l'air d'avoir un intérêt amoureux envers Zacharie-Alexandre ?

Je suis sauvée par la bibliothécaire qui finit par perdre patience et nous chasser de son local.

— C'est assez, vous deux ! Sortez ! C'est un lieu pour lire et étudier, ici. Pas pour placoter. Allez jaser dans le corridor et vous reviendrez un autre jour lorsque vous serez plus calmes.

Samuel et moi ramassons nos effets personnels et sortons de la bibliothèque devant les dizaines de yeux curieux qui s'intéressent à notre sort. C'est la première fois que je me fais jeter en dehors d'un endroit de cette façon. Décidément, cette année, j'ai du mal à m'ajuster au moule !

Une fois dans le corridor, nous marchons côte à côte sans rien dire. C'est Samuel qui brise le silence :

— L'amour est souvent plus près qu'on le pense, Vanille. Parfois, on ne voit pas l'évidence, ce qui est juste là, sous notre nez.

— C'est gentil de ta part de jouer au Cupidon, Samuel, mais Zaq ne m'intéresse pas. Du moins pas comme ça. Je commence à m'attacher à lui comme à un ami ou à un frère, même s'il m'en coûte de l'avouer. Tu peux mettre tes énergies ailleurs. Si tu souhaites former des couples, Sam, tu peux toujours essayer de réconcilier Zaq et Roxanne. Ils ont beaucoup plus de potentiel amoureux que Zaq et moi.

Samuel s'arrête de marcher. Lorsque je le réalise, je fais de même et me retourne dans sa direction.

— Je crois que tu ne me comprends pas bien, Vanille. Je ne te parle pas de Zaq et toi. C'est de moi dont je parlais.

— Toi ? Toi quoi ? Toi et Zaq ? Oh ! Misère ! Je suis désolée, Samuel. J'ignorais complètement que tu t'intéressais aux garçons. C'est bien correct, tu sais. Je suis très ouverte d'esprit. Ma tante a une amoureuse et je suis très à l'aise avec ça. Dans ma famille…

— Arrête, Vanille! Je ne te parle pas de Zaq et moi! Je te parle de toi et moi…

Je fige sur place. Celle-là, je ne l'ai absolument pas vue venir. Samuel a un intérêt pour moi. Comment se fait-il que je n'aie remarqué aucun signe? Pas un son ne sort de ma bouche. Je n'ai aucune idée de comment réagir. Je suis sans voix. C'est lui qui parle enfin.

— De toute évidence, tu ne t'y attendais pas. Ne dis rien, Vanille. Prends le temps d'y penser. On pourra en rediscuter.

Sur ce, il me laisse et repart dans la direction contraire de celle où nous allions. Je reste plantée toute seule au milieu du corridor. C'est la voix de ma prof d'anglais qui me dégèle.

— *Is everything OK, Vanille?*

Je sursaute et lui réponds:

— Euh, oui, oui, *yes!*

Et j'ajoute tout bas, lorsqu'elle est plus loin:

— *I think…*

Samuel amoureux de moi? Je suis dans un vrai bourbier.

24

Menace réelle en vue ?

Comme prévu, Roxanne me rejoint après l'école et nous marchons jusque chez moi. Pendant deux heures, elle ne me parle que de Zaq et je commence à trouver que la conversation tourne en rond. Elle aimerait que je l'aide à arranger les choses. À ses yeux, la solution passe par moi, puisque je suis très proche de Zacharie et qu'il m'écoutera si je lui dis à quel point Roxanne est une bonne fille pour lui.

De mon côté, je n'ai pas trop envie de me mêler de leur histoire et, honnêtement, je pense avoir très peu d'influence sur mon colocataire. À vrai dire, ma tête est ailleurs aussi. J'essaie de voir de quelle manière je vais gérer la situation avec Samuel. Je l'aime bien et il est gentil, mais je ne veux pas laisser planer de faux espoirs. J'éprouve peu d'intérêt envers les garçons pour l'instant : j'ai bien d'autres chats à fouetter. Et si j'avais à m'intéresser à l'un d'entre eux, ce ne serait pas Samuel, qui n'est pas trop mon genre. Comment lui expliquer tout ça sans le blesser?

— Tu m'écoutes, Vanille? On dirait que tu es dans la lune!

— Désolée, Roxanne, j'ai eu un moment de distraction, mais oui, je t'écoutais.

Je me retiens d'ajouter: «Ça fait deux heures que je ne fais que ça!»

La porte d'entrée qui s'ouvre m'indique que mon père revient du travail. Je l'entends parler. Il doit être au téléphone. Je profite de son arrivée comme excuse pour fuir ma copine dont la conversation devient plutôt lourde.

— Allô, papa! T'as passé une belle journée? Je suis avec Roxanne.

J'entends ses pas se rapprocher de ma chambre.

— Bonjour, ma chérie. Et toi, tu as passé une belle journée? Allô, Roxanne. Ça va bien?

Mon amie salue brièvement mon père et j'aperçois une autre tête qui se glisse dans l'entre-bâillement de ma porte de chambre.

— Bonjour, les filles, ça me fait plaisir de vous rencontrer, nous lance une blonde aux cheveux ondulés.

— Les filles, je vous présente mon amie Amélie. Amélie, je te présente Roxanne, l'amie de ma fille ; et Vanille, la personne la plus importante dans ma vie.

Nous nous saluons mutuellement. Voilà donc la fameuse Amélie avec qui mon père a passé le temps des fêtes. Ça me rassure un peu qu'il m'ait présentée comme la personne la plus importante à ses yeux. Ça établit la hiérarchie dès le départ. Une petite mise en garde, un rappel pour ne pas qu'elle oublie que j'étais là en premier.

— Amélie restera avec nous pour le souper, Vanille. Nous commanderons des sushis étant donné l'heure tardive. Tu manges avec nous, Roxanne ?

— J'aimerais bien, mais je dois y aller. Ce sera pour une autre fois.

— Comme tu veux.

Mon père et Amélie s'éloignent, et Roxanne s'empresse de mettre son grain de sel.

— Wow ! Elle est vraiment belle. Elle a l'air gentille, en plus.

— Belle, gentille… et très jeune aussi, non ?

— Quand même pas tant que ça. Il a quel âge, ton père ?

— Dans la quarantaine… quarante-quatre, je pense.

— Et elle, tu lui donnes quel âge?

— Plus dans la trentaine? Je ne sais pas. C'est difficile d'évaluer l'âge des femmes, je trouve.

— Moi, je dirais trente-deux ou trente-trois…

— Probablement.

— Le problème avec une femme de cet âge, c'est que, si elle n'a pas encore d'enfant, elle sera dans l'urgence d'en avoir un le plus vite possible.

— Un bébé?

— Oui, un bébé. Le temps presse. Pour les femmes dans la trentaine, la date limite approche. Il n'y a pas de telle date d'expiration pour les hommes.

— Je ne crois vraiment pas que mon père ait envie d'avoir un bébé, Roxanne. Pas à l'âge que j'ai maintenant. Tu l'imagines recommencer avec les couches et les biberons? Au secours!

— Peut-être qu'il n'aura même pas à décider. Elle pourrait tomber enceinte sans le lui demander. Ton père pourrait se retrouver devant le fait accompli.

— Tu ne t'énerves pas un peu pour rien, Roxy? Mon père et Amélie commencent à se fréquenter. Ils sont encore loin d'envisager de fonder une famille.

— Je t'aurai prévenue, Vanille. Garde un œil ouvert. Tu devrais même aborder le sujet avec ton père. Dans peu de temps, il sera tellement amoureux qu'il perdra la notion de ce qu'il veut vraiment.

Je la dévisage, sceptique. Roxanne a une bien drôle de façon de voir l'amour.

— Bon, je dois y aller, dit-elle enfin en se relevant de mon lit, où elle était allongée. J'ai un rendez-vous chez l'orthodontiste. Je vais sans doute avoir des broches.

Après son départ, je me laisse tomber sur mon lit. Je regarde le plafond et je pense à ma journée. En plus d'avoir à soutenir mon amie dans sa peine d'amour, j'ai moi-même reçu une déclaration tout à fait inattendue. À cela s'ajoute une nouvelle amoureuse dans la vie de mon père… et un demi-frère ou une demi-sœur aux couches bientôt, si je me fie à Roxanne. Ouf! Quelle journée! Je mérite réellement d'engouffrer quelques sushis. C'est ça qu'on appelle « manger ses émotions » ?

25

Bon travail, Sherlock!

Trois coups sont frappés à la porte. Je pense d'abord que Roxanne a oublié quelque chose, mais c'est sur Zacharie-Alexandre que je tombe en ouvrant.

— Salut, Vanille! Qu'est-ce que tu fais?

Je me pousse un peu sur le côté pour le laisser entrer.

— À vrai dire, je viens de passer les deux dernières heures de ma vie à essayer de consoler la pauvre fille à qui tu as brisé le cœur.

— Roxanne est ici? me demande-t-il, soudainement nerveux.

— T'inquiète! Elle vient tout juste de partir. Ça m'étonne même que vous ne vous soyez pas croisés sur le trottoir.

— C'est toute une chance! confirme-t-il en refermant la porte derrière lui.

— Je peux entrer?

— C'est déjà fait, je pense, dis-je pour le taquiner.

— Tu es seule?

— Non, mon père est ici. Et avec sa nouvelle blonde, que je mentionne tout bas.

— Simon a une blonde?

— Crie-le donc plus fort pour être sûr qu'il t'entende. Que me vaut l'honneur de ta visite? Tu t'ennuies vraiment lorsque je ne suis pas chez ma mère, on dirait.

— Je pense savoir qui a fait le coup de «héros» transformé en «zéro».

— Ah oui? Qui?

— Samuel!

— Samuel? Pourquoi Samuel aurait-il fait ça? Si je ne me trompe pas, Samuel ne faisait même pas partie de ta liste de suspects.

— Seb m'a dit que Maxime l'avait vu se promener sur le terrain de l'école, la veille de notre découverte.

— Ça ne prouve rien.

— Il avait un gros sac à dos.

— Ça non plus, ça ne prouve rien.

— J'ai aussi une photo incriminante, ajoute-t-il en cherchant ladite photo dans son téléphone.

— Quelqu'un l'a photographié en train de peinturer le mur ?

— Non, mais regarde.

Il me montre alors un cliché d'un autre graffiti. Dans un cœur, il est inscrit «SZ + VP».

— C'est quoi ça ?

— Un graffiti.

— Oui, ça, je l'avais compris.

— C'est un graffiti dessiné sur l'autre mur de l'école. C'est la même écriture.

Je regarde à nouveau la photo.

— La même écriture ? Tu essaies de me dire que la personne qui a fait ce graffiti de quatre lettres est la même qui a dessiné le «z» de «zéro» ? En te basant sur une seule lettre, tu peux en conclure que c'est la même écriture. Tu es fort, Zaq. Tu ferais un bon enquêteur. Tu devrais devenir policier.

— Regarde le «Z», Vanille. Il y a une petite boucle dans le haut. Elle est là dans les deux graffitis.

J'observe attentivement l'image que Zaq a agrandie.

— Hum... Tu n'as peut-être pas tort. Mais bon, en quoi le fait que l'auteur de ces deux graffitis soit la même et unique personne vient-il nous prouver que c'est Samuel le coupable ?

— Lis les initiales.

— «SZ + VP».

— Oui, «SZ» pour Samuel Zavatti.

— Hum… tu crois ?

— Tu en connais beaucoup des élèves dont le nom de famille commence par «Z» ?

— J'imagine que non… Et «VP» ?

— Qu'est-ce que tu en penses ?

— «VP» ? Valérie ? Vanessa ? Valériane ? Victoria ?… Il y a beaucoup de possibilités. Il n'y a pas une Victoria dans notre cours d'histoire ?

— Qu'est-ce que tu dirais si le «V» était pour Vanille et le «P» pour Painchaud ?

— Ah, bien oui. Pourquoi n'y ai-je pas songé ?

— Dire que je te croyais brillante ! se moque-t-il.

— Ce serait donc Samuel qui t'aurait fait passer de héros à zéro ? Mais pourquoi ? Tu ne lui as rien fait ? À cause de son poisson, peut-être ? Tu es aussi responsable que moi de sa mort, après tout.

— Ça n'a rien à voir avec ça. La réponse est dans le graffiti.

— Dans le graffiti ?

Je l'observe une autre fois.

— « SZ + VP ». Samuel est amoureux de toi, Vanille.

— Même si tu vises juste, en quoi son intérêt pour moi l'amènerait-il à vandaliser ton graffiti ?

— Parce qu'il me perçoit comme une menace.

— Tu crois que Samuel pense que je suis amoureuse de toi, c'est ça ? Tu as vraiment un gros ego, Zaq.

— Ça ou le contraire, suggère-t-il en ignorant mon commentaire sur son ego. Il pense peut-être que je suis amoureux de toi. Dans un cas comme dans l'autre, ma présence l'inquiète.

— Bon travail, Sherlock Holmes, dis-je finalement en faisant allusion au célèbre détective. Votre enquête est convaincante.

Sur ces mots, le livreur de sushis arrive.

— Vous n'avez pas encore soupé ?

— Non, mon père est arrivé tard.

— Descends chez ta mère après. Ma tante Karina veut absolument nous parler par vidéoconférence. Elle a quelque chose d'important à nous raconter.

— D'accord! Je descends dans une quin-
zaine de minutes.

Me voilà intriguée.

26

Annabelle la naufragée

Bernard, ma mère et Zaq sont tous installés devant l'ordinateur lorsque j'arrive dans la maison.

— Salut, ma grande, tu as eu une belle journée ?

— « Belle » ? Ce n'est pas le bon mot. Je dirais plutôt « mouvementée » !

Je m'assieds à côté d'elle.

— Ah oui ?

Je n'ai pas l'occasion de lui donner davantage d'explications, car les visages de Karina et de sa fille apparaissent aussitôt à l'écran. Nous sommes tous enthousiastes et bien fébriles de nous revoir. Tout le monde parle en même temps. Damien se faufile derrière sa femme et sa fille pour nous faire un coucou. Une fois le calme relativement revenu, Karina nous annonce de quoi elle veut nous parler.

— J'ai effectué quelques recherches autour de la poupée. Comme je vous l'expliquais, la dame sur la photo était ton arrière-grand-mère, Zacharie. Elle s'appelait Gabrielle. Elle était donc ma grand-mère et celle de Sarah. Elle est décédée il y a cinq ans, à l'âge de quatre-vingt-dix ans. Étant donné que ta mère et moi avons perdu nos parents assez jeunes, nous étions très proches de notre grand-mère, qui nous a en partie élevées. Sarah était particulièrement proche d'elle, puisqu'elle était la plus jeune de nous deux, le bébé. Elle avait une relation très spéciale avec Gabrielle. Elles sont restées très liées, même à l'âge adulte.

Karina marque une pause avant de continuer.

— Dans un sens, je me suis dit que ce n'était pas si surprenant que ta mère se soit retrouvée avec la poupée. Gabrielle la lui a probablement donnée juste avant de mourir. Peut-être aussi l'a-t-elle récupérée en vidant sa maison après son décès. Sarah allait souvent visiter grand-mère où elle vivait, à Pointe-au-Père. Elle s'y est également rendue lorsqu'elle a appris sa mort. Tout ça pour dire, les enfants, que Sarah a hérité, d'une manière ou d'une autre, de la poupée de sa grand-mère Gabrielle.

— La question est de savoir comment Gabrielle s'est retrouvée avec la poupée, n'est-ce pas?

— Exactement, Vanille! C'était le point qui m'intriguait. Étant donné que Gabrielle possédait cette poupée depuis sa plus tendre enfance, à en juger par la photo, elle devait donc l'avoir reçue quelque part entre sa naissance, en 1919, et ses cinq ans, en 1924. C'est l'âge qu'elle avait sur la photo où on la voit avec la poupée dans les bras. Mais comment une fille de matelot pouvait-elle avoir entre ses mains une poupée européenne, un objet très luxueux auquel seules les petites filles de la bourgeoisie avaient accès? C'est le point que j'ai cherché à éclaircir. J'ai donc ressorti les vieilles malles que Gabrielle nous a laissées et qui contiennent tous ses souvenirs. C'est en fouillant dans ses vieux documents que j'ai appris que le père de Gabrielle avait été matelot sur un bateau appelé l'*Eurêka*. En 1914, ce bateau a participé au sauvetage de dizaines de naufragés lorsque le célèbre paquebot *Empress of Ireland* est entré en collision avec un navire norvégien tout près de la Pointe-au-Père.

— Je connais ce naufrage! dis-je.

— On doit justement faire un travail sur le sujet pour l'école, dans le cadre de notre cours d'histoire, ajoute Zaq.

— Eh bien, Zaq, tu pourras écrire dans ton travail que la poupée de ta mère fait partie des naufragés de l'*Empress of Ireland*, termine Karina, très enthousiaste.

Les exclamations fusent de toutes parts.

— Mais comment est-ce possible ? questionne Bernard.

— Archibald, le père de Gabrielle, qui était d'ailleurs le plus jeune matelot sur l'*Eurêka* le soir du drame, a récupéré la poupée en sauvant des naufragés. Dans une des lettres que j'ai trouvées dans les malles de Gabrielle, il raconte avoir cherché pendant des jours parmi les naufragés hébergés à Pointe-au-Père et à Rimouski la jeune propriétaire de la poupée, mais en vain. Il l'a donc conservée précieusement et, lorsque sa fille Gabrielle a eu cinq ans, il la lui a offerte. Annabelle est donc dans notre famille depuis le 29 mai 1914, nuit du naufrage de l'*Empress of Ireland*.

Nous sommes tous impressionnés d'apprendre l'ampleur de l'histoire d'Annabelle.

— Ce qu'il reste maintenant à découvrir, c'est à qui elle appartenait sur le bateau. Ce ne sera pas facile, mais on ouvre la porte sur toute une aventure, mentionne Karina.

— Je dois absolument aller voir mon grand-père ! dis-je. Il saura par où nous pouvons commencer nos recherches.

— Je t'accompagne ! s'empresse d'ajouter Zaq.

— Je peux déjà vous donner un point de départ, annonce la tante de Zaq. Et si nous allions bientôt tous faire un petit tour à Pointe-au-Père ? Il y a sûrement des indices dans ce coin !

— Bonne idée, confirme Bernard. On pourrait en faire notre prochaine destination vacances.

Zaq et moi sortons de la maison presque en courant pour nous rendre le plus vite possible à la boutique de mon grand-père.

— Tu te rends compte de ce que tout ça signifie, Zaq ?

— C'est toute une chance que nous avons de pouvoir vivre cette histoire, de toucher si près au passé !

C'est avec beaucoup de fébrilité que j'ouvre la porte de la boutique d'Oscar.

— Vanille ? dit Zaq.

— Oui ?

— Je suis vraiment content de vivre cette aventure avec toi.

Décidément, quelle journée !

À suivre…